在最美诗经里邂逅最美的爱情

李安安 / 著

文汇出版社

图书在版编目（CIP）数据

在最美诗经里邂逅最美的爱情/李安安著.-上海：文汇出版社，
2016.9

ISBN 978-7-5496-1795-1

Ⅰ.①在… Ⅱ.①李… Ⅲ.①诗集－中国-当代
Ⅳ.①I227

中国版本图书馆CIP数据核字（2016）第157740号

在最美诗经里邂逅最美的爱情

作　　者 / 李安安
责任编辑 / 甘　棠
特约编辑 / 東　枋
装帧设计 / 亞亞Design

出 版 人 / 桂国强
选题策划 / 蔡建光

出版发行 / 文匯出版社
　　　　　上海市威海路755号
　　　　　（邮政编码200041）
经　　销 / 全国新华书店
印刷装订 / 北京高岭印刷有限公司
版　　次 / 2016年9月第1版
印　　次 / 2016年9月第1次印刷
开　　本 / 710×1000　1/16　字数 / 210千　印张 / 18
书　　号 / ISBN 978-7-5496-1795-1
定　　价 / 32.00元

序 言

有美一人，邂逅相遇

爱是什么？不就是偶遇一个人，心中震撼于她（他）的美吗？

真爱，是不期而遇，没有任何预设，没有刻意为之，无需费劲努力，不是找来的，而是等来的——邂逅相遇。

真爱，是似曾相识，一见如故，两情相悦，一见倾心——她（他）是世上的最美。

她（他）的美，已然吸引了自己，加上偶然相遇，内心怎能不为之震撼？

这震撼，突然间发生在心里，猝不及防，所以感觉十分强烈。于是，爱情就这么没来由地发生了，正如《野有蔓草》中诗句所言："有美一人，邂逅相遇"。

情人眼里出西施，对自己来说，她（他）最美，无可替代。邂逅相遇的爱情，最美。

而这邂逅，当非不是缘？看似偶然，实则也是必然的，非她（他）莫属。

有缘千里来相会。茫茫人海，为什么他与她邂逅，就能演绎一场刻骨铭心的爱情呢？

我认为，《诗经》中，这种美丽的爱情无处不在！

《诗经》是美的，它美在自然天成，孔子说它"思无邪"，"温柔敦厚"；胡适说它有"天趣"。所以，它的美其实就是人性中最直觉、最简单、最本真、最质朴的情感表达。而它的爱情诗，更让我有一种邂逅发现的惊喜和震撼。这种发现，如同初恋，让人有一种前所未有的动心。它所表达的爱情，那么率真、简单、质朴、热烈、纯洁、痴情，源自人性，这不正是爱情的最初本质和真谛吗？

爱由简单的诗句简单地表达出来，却成为千古诗篇。其实，爱情本是诗。这里，诗表达爱，爱即是诗。它穿越了几千年，与我邂逅相遇，让我感受到它的真美之容。我为之感动，耽耽其中，不能自拔……

曾几何时，我们的爱情经过文明的洗礼，产生了诸多质变，莫名的增加过多少不必要的世俗甚至庸俗的附丽？我们是否已渐渐忘记了爱情的本质？世间有多少人的爱情已丧失了原本的简单？

不如，我们回溯到几千年以前的《诗经》里，去寻找一回最纯真的爱情！

《诗经》中爱情诗，来自民间，质朴无邪，是《诗经》最华彩的乐章。

这些爱情诗，有的缠绵悱恻；有的风趣调情；有的表达夫妻恩爱；有的饱含弃妇怨气等等……凡此种种，无所不表，以至于千百年来诸如"窈窕淑女，君子好逑""一日不见，如隔三秋""执子之手，与子偕老""琴瑟和鸣""青青子衿，悠悠我心"等无数佳句，一直为我们所传颂，它们诠释着亘古不变的男欢女爱之情，成为经典，并深刻影响着后来人。

爱情本是诗，相遇岂非缘？倘若邂逅真爱，当感恩珍惜，尽享其中的美丽。真爱是等来的，但不是说要守株待兔，而是明白真爱是情投意合，两情相悦，必要有对等和一致的要求，彼此能相互满足。

在《诗经》的爱情里，我们能找到人性之美，而本书也旨在通过欣赏《诗经》中的爱情纯真之美，找回真爱的本质，张扬人性的光辉。

　　当然，爱情也是有境界的，如同王国维所说的"人生三境界"，爱情也是如此。最美的爱情，不仅需要一个寻寻觅觅、回环反复的过程，更需要有一种超越凡俗的境界。"蓦然回首，那人却在灯火阑珊处……"这种彼此间的突然发现，正是爱情的最高境界。

　　"有美一人，邂逅相遇"，让我们回归本真，用心去发现，去邂逅自己的美丽爱情。

　　谨以此书献给所有相信爱情，以及正在寻找爱情的人们。

李安安

2016 年于北京东郊

目录

Contents

在最美诗经里
邂逅最美的爱情

一章

倾心已久
思慕良多

彼姝者子，何以予之·干旄

子子干旄（máo），在浚之郊。

素丝纰（pí）之，良马四之。

彼姝者子，何以畀（bì）之？

子子干旟（yú），在浚之都。

素丝组之，良马五之。

彼姝者子，何以予之？

子子干旌，在浚之城。

素丝祝之，良马六之。

彼姝者子，何以告之？

出自《诗经·国风·墉风》

干旄，用牦牛尾装饰旗杆的旗子，后面的"干旟"、"干旌"，都是古代的旗子，只是装饰不同而已。子子，高高扬起。纰，镶边，后面的"组"、"祝"，都有编织之意。畀，给予，后面的"予"、"告"，都有给予之意。

牦牛旗高高飘扬，队伍来到浚城郊外。白丝绳镶着旗边，四匹骏马走在前。美丽的姑娘啊，我该拿什么送你？

　　诗中的男主人公，或许是一位从军的将士，抑或是一位士大夫，总之是有身份的男子。他骑着良马，带着随从，高悬着旗幡，浩浩荡荡，来到浚城郊外。干什么？是要寻访心上人——彼姝者子，一位美丽的姑娘。心里想着，一定要送她一份厚礼，以获得她的芳心。可是，送她什么呢？这的确需要费些心思。对于真正的美人，不仅需要这隆重的仪式，不仅需要送财物，而且还要有足够的真诚。最重要的，是爱情。再美的女子，也会陶醉于真爱的。

　　二、三段的反复咏唱，都是强调仪式的隆重与庄严，旗帜是精心编织而成的，装饰华丽，良马也是多多的，仪仗豪华，都是为了让美人开心。但是，送她什么礼物呢？还没有定下来，还需要认真考虑。

　　《毛诗序》中说："美好善也。卫文公臣子多好善，贤者乐告以善道也。"朱熹《诗集传》认为此诗是"卫大夫访贤说"。方玉润《诗经原始》也从此说，谓"贤大夫则乘车马，建旌旄，远适郊畿，近访城邑，广询周谘，以臻上理。则其君之励精图治，孜孜不倦者，亦可知已"。士大夫带着隆重的仪仗，车马喧哗地到郊外，寻访贤人君子，表明其求贤若渴、见贤思齐之心。

　　现代学者多认为此诗是"男恋女情诗"，加之诗中没有明确说明，并有"彼姝之子"，意指女子，故本诗从情诗一说。其实，在中国，君子向来被喻为美人，寻访君子与寻访美女，皆说得通。

　　春风得意马蹄疾。但有个遗憾，缺个可心的人儿。那美丽的姑娘，我对她一见钟情，好想与她在一起，与她并驾齐驱，共赏人生好时光。但如何才能得到她的芳心呢？送给她的礼物可要费斟酌。

　　世上所有的美好相遇，都可遇不可求。所谓"臭味"相投，美好的相遇，彼此都会在对方身上发现自己：他们是同一类人，同气相投，一见如故，相见恨晚，无话不谈，很快成知己。明君求贤臣，贤臣盼明君，一旦相遇，就会相知相契，相辅相成，如鱼得水。明君礼遇贤臣，贤臣鞠躬尽瘁，事为知己者死。这样的相遇，往往能共创一番不世伟业。

　　真爱亦如此，两人，是朋友知交，能甘苦相随，相濡以沫，更能两情相悦，水乳交融，阴阳交泰，创造激动人心的大欢喜和人生幸福。

　　无论是两情相爱还是君臣相遇，最好的就是这种境界。

彼君子兮，中心好之·有杕之杜

有杕（dì）之杜，生于道左。

彼君子兮，噬肯适我？

中心好之，曷（hé）饮食之？

有杕之杜，生于道周。

彼君子兮，噬肯来游？

中心好之，曷饮食之？

出自《诗经·国风·唐风》

有杕之杜，意指孤独的一棵棠梨树。道左，道路的东边，古人以东为左。

一棵杜梨好孤独，长在路东的偏僻处。那位君子啊，好有风度。你可愿到我这里来。我对你倾慕已久，何不来这儿喝一杯？孤独的棠梨树，分明就是这位相思女子的写照。

女子像棠梨树一样，孤独地站着，望眼欲穿，却不见情人的影子。等啊等，棠梨花开了，洁白芬芳，只等心上人来采撷。她爱上的，是一位儒雅的君子，风度翩翩，气质若兰。此心已相许，非他莫属。可是，他在哪里？怎么还不来？

周，同"右"，指道路的右边。

一棵杜梨好孤独，长在路右偏僻处。那位君子啊，好有风度，你可愿意来看我？我对你倾慕已久，何不来这儿喝一杯？

　　一会儿路左，一会儿路右。可见女子的焦急，左右徘徊，翘首以盼，望眼欲穿，仍不见情人。或许，这是女子的单相思，一心想再见到心爱的人；或许，他们早就认识，彼此倾心，只差一方捅破那层窗户纸。只是，女子的心急更甚，心中切切盼他来。等待他的，不只是爱情，更有好酒好菜相招待。

　　前人对此诗说法不一，《毛诗序》认为是"刺晋武公也"，朱熹《诗集传》认为是"好贤"说，高亨《诗经今注》认为是"欢迎客人的短歌"，还有流浪乞食说（陈子展《国风选译》等），情歌说（程俊英《诗经译注》），孤独盼友说（朱守亮《诗经评释》）等。人心是复杂的，但诗歌可以是简单的，爱情可以是单纯的，对此，我们宁愿从情歌说。

　　一棵棠梨树，孑孑而立，就像主人公的孤独。人孤独时，难免内心情绪会疯长。在静寂的环境中，女子心中疯狂地思念着心中的情人——一位风度翩翩的君子。她不说话，但心里涌动着万千波澜：心里呼唤着情人的到来，想跟他共进美食，热热闹闹一番，以解孤独，以慰寂寞。此情此景，连别人看了都为她着急。也真是，那位男子，这么好的福气，有美女美食，只等你来，可你是否心有感应，听到这召唤呢？

　　爱一个人有多甜蜜，就有多孤独。情到深处人孤独。相思越深，忘我越深，投入越多，愈陷情网而不能自拔。这是爱情的美妙所在，也是爱情的愚痴之处。没有什么能让你快乐，唯有见到他。

　　真正的爱情，两情相悦，两心相通；相交愈久，默契越深；一往情深，长相厮守，两不离弃。宛如美酒，越品越浓，历久弥香。最美的眷侣，必是知己，相聚有酒，两相欢，千杯少，话语长，情意浓，欢醉不醒，人生幸福莫过如斯。

彼美淑姬，可与晤歌·东门之池

东门之池，可以沤麻。
彼美淑姬，可与晤歌。

东门之池，可以沤纻（zhù）。
彼美淑姬，可与晤语。

东门之池，可以沤菅（jiān）。
彼美淑姬，可与晤言。

出自《诗经·国风·陈风》

东门之池，城墙外的护城河，可以沤麻。沤麻，指浸麻、洗麻、漂麻，把大麻（或苎麻等）用水浸泡后变软，经过揉洗梳理，成为细长而耐磨的纤维，然后织成麻布，制成衣服。白色麻布制成的衣服，不加彩饰，叫深衣，为诸侯、大夫、士等日常所穿。没漂白，保留麻的底色的粗麻布，主要为劳动人民的衣料。本诗中的大麻、苎麻、菅草，都是可用来制作编织材料的麻类植物。

在春秋前后的很长历史时期，沤麻是普通百姓的主要农事活动之一。在护城河边，村郭小河的浅滩，总能看到有人沤麻，尤其是女子。有时，男人们也会参加进来，青年男女一起沤麻，对歌，男女搭配，热闹欢快。想必，这首《东门之池》，就是这样的一首劳动之歌，表达一位男子渴望与一位女子一起沤麻对歌的奔放情感。

在东门外的池水沤麻，又看到那个美丽的姑娘，他多想与她对歌吟唱。想与某个人对歌，就是想谈恋爱。想到这些，他心里就美滋滋。

但那个女孩，还没出现啊。于是他心里不断翻涌着热浪，呼唤着：沤麻的美女啊，我想与你对情歌，你快快来呀。可知我在这里等你！

之后二、三段的重复，更强化了男子的强烈情感。在民歌的简单重复中，强化情感，这是中国民歌的特色，牛运震《诗志》评此诗为"平调深情"，即有"愈淡愈妙"（吴闿生《诗义会通》）之艺术效果。

《毛诗序》谓此诗"刺时也。疾其君之淫昏，而思贤女子以配君子也"。苏辙《诗集传》谓"陈君荒淫无度，而国人化之，皆不可告语。故其君子思得淑女，以化于内"。朱熹《诗集传》则认为"此亦男女会遇之词，盖因其会遇之地，所见之物以起兴也"，更合诗旨。

那位美丽的姑娘，经常在东门的池水边沤麻。她漂亮温婉，贤淑有德，让男子对她一见钟情。看到池水，思念佳人，多希望她突然出现，多想与她对唱情歌，好想和她谈恋爱！

爱情讲缘分，无缘爱不来；爱情没道理，不用理智。但爱情也有选择性，不是来了照单全收。选择哪个？正是那个与自己气味相投的人，如此才能两情相悦，情投意合。这个选择，正合于缘分。说缘分也好，说选对了也好，其实都在说我们是一类人，在价值观和心理气质上相类同，相吸引。否则，何来缘分？怎会选择？

真爱是无条件的彼此吸引与互动，所以能两情相悦，快乐幸福；真爱是心底的共鸣和相知，所以能心心相印，灵犀相通；真爱是彼此间的欣赏与珍惜，所以从不感觉厌烦无趣，相濡以沫，相依相伴，不离弃。我相信，他（她）是上天给我的恩赐，所以，对爱心存敬畏。

云谁之思，西方美人·简兮

简兮简兮，方将万舞。
日之方中，在前上处。

硕人俣（yǔ）俣，公庭万舞。
有力如虎，执辔如组。

左手执籥（yuè），右手秉翟。
赫如渥赭，公言锡爵。

山有榛，隰（xí）有苓。
云谁之思，西方美人。
彼美人兮，西方之人兮。

出自《诗经·国风·邶风》

简兮，指跳舞前的鼓声。本诗表达一个女子对来自西方的宫廷舞师的爱慕之情。

万舞，一种大规模的舞蹈，分为文、武两部分。鼓声简简敲起了，太阳高挂头项，有一个舞师，排在最前头，领跳大型舞蹈《万舞》。

如此场面和气势，可想这舞会的档次定然是官家的。这领舞的，想必也非同凡俗。开篇的盛大场面描写，为人物的正式出场做了充分的铺垫和烘托。

果然，赞美来了。那个舞师啊，长得英俊魁梧，硕人俣俣，指美男子高大魁梧。他在公堂之中跳起来，强壮如虎，手执缰绳轻如带。试想一下，一个高大俊美的男子，丰肌健美，威猛如虎，又身轻如燕，如龙飞凤舞，其潇洒英姿，自然是吸睛无数的。

籥，古代汉民族的一种管乐器。翟，野鸡毛。渥，厚。锡，恩赐。

一曲舞毕，舞师左手拿着六孔笛，右手挥着鸡毛羽，面色通红，获得掌声无数。国君大悦，赐他美酒一杯。在看客眼里，舞师人美、舞美，已经足够让人喜欢，再加上国君喜欢，赏赐他美酒，自然更令人崇拜了。他们就是当时的明星大腕，自然粉丝无数。

此时，女子对舞师的感情，也由赞美上升到爱慕了。那心情就如当下一些明星的粉丝，明星在台上唱，台下的粉丝狂热异常，心里只想着：一定要他的签名，怎样才能接近他呢？

隰有苓，湿地生有甘草。西方美人，西方有俊美舞师。山上有榛树，湿地有甘草。心里想的谁？就是那个舞师——西方来的美男子啊！此时，女子心里的爱慕，已经转化为爱情了，再也放不下舞师，这位西方来的美男子了。相思来了，忧愁也来了。

"山有榛，隰有苓"，高山湿地，榛树甘草，一高一低，一树一草，让人想到男人女人，借喻妙绝。前人评说"末章词微意远，缥缈无端"，意向朦胧晦涩，似有隐语，但女子的单相思表露无遗。

《毛诗序》认为此诗是"刺不用贤也"。朱熹《诗集传》认为是君子的不平之诗，谓"贤者不得志，而仕于伶官"。翟相君《诗经新解》却考定诗中舞者为庄姜，此篇是讽谕卫庄公沉湎声色的作品。近人余冠英《诗经选》则认为此诗写"卫国公庭的一场《万舞》。着重在赞美那高大雄壮的舞师。这些赞美似出于一位热爱那舞师的女性"，此说当近诗意。

他长相俊美，身材魁梧，舞艺高强，国君宠爱，如此美男子，正是她心仪的男人。

然后，不知何时起，日里夜里想着他，就想看到他，他的一举一动，时刻牵动着姑娘的心。

美人从来爱英雄。或许，帅哥不知道，那个美女，其实早已对自己倾慕已久，只是，她保持着矜持，只等他来追。

爱情往往无关世俗，但也不乏虚荣：男人爱美女，美女爱英雄。为什么？因为光彩照人，足可满足面子。彼此间有真爱固然好，若没有，不过是新鲜一场，昙花一现。今天，多少美女以爱的名义，傍大款，傍官员，寻求钱权的背后，是女人不可救药的虚荣心。只是结果往往得不偿失，真爱已难寻。

子之荡兮，洵有情兮·宛丘

子之汤（dàng）兮，宛丘之上兮。

洵有情兮，而无望兮。

坎其击鼓，宛丘之下。

无冬无夏，值其鹭羽。

坎其击缶，宛丘之道。

无冬无夏，值其鹭翿（dào）。

出自《诗经·国风·陈风》

宛丘，指四周高中间低平的小土山。一个女人在宛丘上跳舞。陈国保留着先民对原始宗教和图腾的崇拜，巫风炽盛，四季有巫舞。古人敬畏天地鬼神，甚至对草木牲畜，都有一种崇拜。古代的图腾，想象大胆，超越世俗；巫人们载歌载舞，形象怪异，热情奔放。而所有这一切，都象征着人们对美好生活的祈福和向往。

本诗赞美的正是一个跳舞的女巫。

子之汤兮，舞姿好奔放啊，在宛丘上跳啊跳。

"洵有情兮，而无望兮"，她跳得真是投入、多情，只是她一定没有发觉我这边的多情盯视吧？两个"兮"字，看似无意，却表达了主人公的赞叹与惆怅之情。

值其鹭羽，手拿着白鹭羽毛，这里指舞蹈用具。看哪，她在宛丘上面，咚咚地击着鼓儿，那么热烈奔放。一年四季，无论寒暑，她都手持着鹭羽在跳舞。

缶，小口大肚的瓦器。翿，柄头聚着鸟羽的舞蹈器具。

她坎坎击鼓，击完鼓儿，又击打瓦器，放下鹭羽，又拿起翿羽，一年四季，在欢腾热闹的鼓声和缶声中，她不断旋舞着，从宛丘上，跳到坡顶，又跳到山下的路口，那么神采飞扬，热烈奔放。她有该多么喜爱舞蹈啊！当然，她也为了娱乐人们，并以此为乐。她的热情，把人们感染；她的美丽，照亮人们的双眼。

试想，那种热情奔放而不失野性的美，是发自人性之本能，是极富感染力的。不要说情人，就是一般观众，也不能不被感染。

赞美完舞姿，又赞美她的敬业。她人长得美，舞跳得美，人品又这么好，怎么不叫人心生爱慕呢？美女啊，你在我眼里最美！

只是，你可知道，在人群中，有个我，在目不转睛地、深情地注视着你，随着你的舞姿流转呢！我多么希望你能看上我一眼！哪怕只是一眼！

《毛诗序》认为此诗"刺幽公也。淫荒昏乱，游荡无度焉"。程俊英《诗经译注》谓："陈国民间风俗爱好跳舞，巫风盛行。"《说文》认为："巫，祝也。女能事无形，以舞降神者也。诗中的'子'，就是以舞降神为职业的女子，所以她不论天冷天热都在街上为人们祝祷跳舞。"此说当切实际。

那位能歌善舞的巫女，舞姿奔放，妩媚多情，让人心生爱慕。看她为人们祈福跳舞，真是一种享受。

天生丽质的女人美，杨柳之姿，也是女人的美。而一个善歌舞的美女，往往能让男人迷醉。这样的美女不只是让男人垂涎，就是女人看着也喜欢，心里艳慕忌妒。

只是，天生丽质并非人人有幸拥有，没有也不必沮丧。你可以修炼自己的好身材。如果好身材也没有，那么，你还可以修炼自己的好品德。光有好容貌或者好身材终究不能长久，好品德，流于人品和气质，才能凸显升华女人的美，并受用一生。

当然，还有一种美女，也许容貌算不上漂亮，身材说不上窈窕，但她骨子里有一种天然野性的美，这种女人往往让男人欲罢不能，失魂落魄。所以，假如你不算美貌，那么保留自己的天真或真实也好。在男人面前，温柔之外，有一股野性美，也会牢牢抓住男人。而这种野性美，来自天然，亦来自对天然的坚守，亦是一种修炼。

既见君子，德音孔胶·隰桑

隰桑有阿（ē），其叶有难（nuó）。
既见君子，其乐如何。

隰桑有阿，其叶有沃。
既见君子，云何不乐。

隰桑有阿，其叶有幽。
既见君子，德音孔胶。

心乎爱矣，遐不谓矣？
中心藏之，何日忘之！

出自《诗经·小雅》

难，茂盛。低温洼地的桑树真婀娜，叶儿茂盛掩枝柯。我看见他了，心里的快乐无法言喻。

桑树枝条摇摆，婀娜多姿，桑叶茂密绿成荫。如此美景，正宜约人。她想象着，他在这里出现，与她约会。想到此，她的心里就充满甜蜜，喜滋滋。

她应该是暗恋他很久了，只是苦于不能谋面。多希望他能突然出现啊，那样就天遂人意，一解自己的相思之苦。即使搭不上话，只要能看到他，看他一眼，就已经很开心满足了。

她想象着，在这桑林幽深，枝叶婆娑的景色中，她与他缠绵相会，她向他诉说着绵绵情话，两个人共度甜蜜浪漫……

她沉浸在这种美好的想象，如醉如痴，陶醉不已……

遐不，为什么不？

心中分明爱着他，可为什么不敢告诉他呢？心中藏着他，无时无刻不在想着他！

可是，她却没勇气向他倾诉。少女的矜持和羞涩啊，越是在爱的人面前，越紧张，越不自在，只有把他深藏心底……

《毛诗序》说："刺幽王也。小人在位，君子在野，思见君子尽心从事之也。"不免牵强。

初恋是美好而纯洁的，正因其纯美，所以显得那么紧张、脆弱、稚嫩，充满欲言又止的矛盾心理。而所有这一切，都是因为爱，因为爱不敢轻易行动，因为爱怕冒犯了对方，也伤害了自己的自尊。所以，更多时候，就耽耽于恋爱的想象中，在想象中憧憬，在想象中体验，在想象中思考自己的爱情，如何让这美好的想象变为现实……

叔于田，洵美且武·叔于田

叔于田，巷无居人。

岂无居人？不如叔也，洵美且仁。

叔于狩，巷无饮酒。

岂无饮酒？不如叔也，洵美且好。

叔适野，巷无服马。

岂无服马？不如叔也，洵美且武。

出自《诗经·国风·郑风》

古代兄弟次序为伯、仲、叔、季。叔于田，即指一位年轻的猎人去打猎了，里巷静悄悄的，好像没人住。其实，哪里是没人住？只是他不在了，他的美貌和仁义，谁能比得上他呢！一个"洵"字，表现这种赞美是由衷的。

一个优秀男儿的离去，顿然让街巷失色：别的男人在，别的男人喝酒，别的男人骑马，都视而不见了，别的男人都没有他英俊仁厚，潇洒美好，勇猛英武。可见，她的心也跟着"叔"走了。

这个爱上"叔"的姑娘，该有多么喜爱他，才有这样的赞美啊！都说"情人眼里出西施"，不是所爱的人有多美，而是爱他的这颗心太美、太专情而无暇他顾。

前人认为这里的"叔",指郑庄公之弟太叔段。据《左传·隐公元年》记载,太叔段勇而有才干,深得其母武姜的宠爱,被封于京地后,整顿武备,举兵进攻郑庄公,但兵败外逃。本诗也许为其拥戴者所作,但并无确据。朱熹《诗集传》认为此诗"或疑此亦民间男女相说之词也",当接近诗之本意。

古人眼里,身强力壮的猎手是备受崇拜的英雄,而一个年轻英俊的猎手,当然更能博得美女的垂青。就像今天的美女喜欢高富帅,从美女择偶的标准,可折射出一个时代的况味。

本诗虽算不上名篇,但也对后人产生过一定的影响。钱钟书《管锥编》认为,唐代韩愈的《送温处士赴河阳军序》中有"伯乐一过冀北之野而马群遂空,非无马也,无良马也",其句法正出自本诗。

彼美孟姜，德音不忘·有女同车

有女同车，颜如舜华。

将翱将翔，佩玉琼琚。

彼美孟姜，洵美且都。

有女同行，颜如舜英。

将翱将翔，佩玉将（qiāng）将。

彼美孟姜，德音不忘。

来自《诗·国风·郑风》

舜华，舜英，指木槿花，色彩艳丽，粉面如桃，红唇诱人，朝开暮落，生命力极强，每一次凋谢似乎都是为下一次更绚烂的开放。都，端庄，闲雅。

那天，他与她同车。她美如木槿花，明丽照人。他们一起驾着车，轻盈如飞，她身上的美玉发出锵锵的响声，清脆悦耳……多么快乐的旅行啊！至今想起来心儿都在飞翔。她，姜家的大女儿，真是美丽又端庄。

美丽的姑娘，让人思念难忘。他与她同车，她的美丽，就像木槿花。他们一起开心驾车，轻盈如飞。她身上环佩叮当响，就像他激动兴奋乱跳的心儿……身边坐着一位大美女，美丽又可爱，哪个男儿不动心？而且，这姑娘人品芬芳。于是，他思念满怀，耿耿难忘。

朱熹《诗集传》以为此诗是"淫奔之诗",虽语含贬意,但也不否认这是一首爱情诗。但他们驾着车,女子身上戴有玉环首饰等,所以不像是平民,而应该是一对贵族男女。

"将翱将翔,佩玉琼琚",传神地描摹出动中之美女情态,后世宋玉《神女赋》中有"婉若游龙乘云翔",曹植《洛神赋》中之"翩若惊鸿"、"若将飞而未翔"等句,想来都源于此诗。

不得不承认,第一眼吸引男人的,总是女人的美貌。美貌的确是女人的资本和骄傲,所以她们终其一生想方设法美化自己。但美貌毕竟只是一张皮,能让男人在看过第一眼后继续欣赏的,往往不是美貌,而是外表之下的个性、人品和内涵。

思念一个人时,美好而忧愁。美好的是在思念和回忆中,可回味爱的美妙和甜蜜;忧愁的是思念越深,那期待相见的心也越焦急,让人百无聊赖。情到深处人憔悴。爱是什么?是受用,也是折磨。都说千万别动情,但爱情来了,谁能不动情?

彼其之子，美如玉·汾沮洳

彼汾沮洳（jù rù），言采其莫（mù）。

彼其之子，美无度。

美无度，殊异乎公辂（lù）。

彼汾一方，言采其桑。

彼其之子，美如英。

美如英，殊异乎公行。

彼汾一曲，言采其藚（xù）。

彼其之子，美如玉。

美如玉，殊异乎公族。

出自《诗经·国风·魏风》

汾沮洳，汾河边低湿的地方。莫，羊蹄菜，因其根叶花似羊蹄，故称。

姑娘走在汾水的湿地，边轻快地采摘着羊蹄菜，边快乐地想着心上人，情不自禁赞美他：我的他多么俊美，无人能敌！他的俊美，比那些王公贵族还出众！

可见，这姑娘不是一位爱慕虚荣，只倾心权钱的势利眼。她别具慧眼，自认自己喜欢的人，俊美无双，要比那王公贵族还要棒。

她采了羊蹄草，又采桑叶和泽泄草，每当想到意中人，都觉得他美如花，美如玉，与那些王公贵族自是不同！

她的劳动是快乐的，因为幸福地想着心上人。无论她在湿地，在水边，还是在水湾处劳动，她都在心里美美地想着他，幸福之情溢于言表，我们也似乎看到了她轻快的步伐和快乐的心情。

美无度，美如英，美如玉，她的赞美步步上升，从貌美到品美，由外及里，从养眼到赏心，美的内涵在不断深化、升华。这种热烈的赞美，足以显见她是多么爱他、懂他，而且为此深深自豪，发出豪迈之语：我的他，远比那些公辂、公族、公行好得多！

公辂，掌管君王车驾的官，这里指王公贵族。公族，掌管君王宗族事务的官。公行，掌管王公兵车的官。

她自己勤劳俭朴，也不喜爱权贵生活。她不选择爱"金玉其外，败絮其中"的权贵，而选择一位才貌双全、内外兼美的君子，并以此满足且自豪，这是一位多么聪慧的姑娘！

前人以为此诗是歌颂君子勤俭以持，《韩诗外传》谓"叹沮洳之间，有贤者隐居其下，采蔬自给，然其才德实高出乎在位公族、公行、公辂之上。故曰虽在下位而自尊，超然其有以殊乎世"，不免有些牵强。近人闻一多《风诗类钞》认为"这是女子思慕男子的诗"，其说可从。

"情人眼里出西施"，在她的眼里，他俊美无双，才德兼备，内外兼美，就是那些王公贵族，也比不上！在她的心里，他是完美无缺的。

爱一个人时，眼里只有他，天下他最美，心里没他人，无人能敌他，无人可替代。想他时，心里甜如蜜，眼前处处春。所谓爱是有选择的，爱产生美。

爱，是既悦目又悦心。喜欢他，因为看着顺眼、舒服、悦目，对自己有吸引力；而爱上他，因为他的骨子里：有他的鲜明个性，他的才华人品，他的不落俗套，他的独特气质……爱，最初可能由表及里，但最终又由里及外。因为爱他，所以爱他的全部。

乐只君子，福履成之·樛木

南有樛（jiū）木，葛藟（lěi）累之。

乐只君子，福履绥之。

南有樛木，葛藟荒之。

乐只君子，福履将之。

南有樛木，葛藟萦之。

乐只君子，福履成之。

出自《诗经·国风·周南》

樛木，树枝向下弯曲的树。《诗经》中常以花草、藤蔓、雌鸟等比喻女子，以乔木、日月等来比喻男子。葛藟累之，藟，似葛，能缠住树。福履绥之，福禄安康。

南山上，有一棵驼背树，被葛藤丝丝累累缠绕着。我喜欢的那位快乐男子，祝你福禄安康。

南山上的这棵大树，被藤草丝丝缠绕。多么像她对他的思念，萦绕不断，连绵不绝。她在心中呼唤：君啊，你是大树，我是藤蔓，我愿把你紧紧缠绕，紧紧不放松！我愿永远抱着你，把你来仰视！

她爱上了一位干朗而给人快乐的男子，自觉地与他休戚与共，要紧紧缠绕他，依靠他，围绕着他。在思念中，她热烈地祝福：祝我的他——福禄安定他、福禄扶助他、福禄成就他！

如此一唱三叹，回环往复，层层递进，营造出浓浓的情感。她向他深情而热烈地告白、祝福。

他是让人快乐的，而她也是一位直爽大胆的姑娘——她爱她所爱，大胆地追求自己的爱情。率真地表白着，热烈地祝福着。这里的爱情，没有孤闷愁肠，外向的性格和快乐的幸福跃然纸上。

这里的樛木，象征着她对他的丝丝缕缕、绵绵不绝的爱情，一往情深，也象征她对他的祝福，让福禄与他形影相随，如同自己期待与他形影相随一样。他是她的爱，她希望自己也是他的爱，带给他福气。

朱熹《诗集传》以为本诗是歌颂后妃，"后妃不妒，而子孙众多"，但对今天的我们来说，把它理解为爱情似乎更贴切些。

"南有樛木，葛藟累之"，形容男女之感情和关系，如此形象！爱是占有，更是付出。因为爱他，所以缠着不放；因为爱他，所以给他幸福快乐。女子的爱，如藤蔓，坚韧不断，热烈地拥抱心爱的人儿，温柔绵绵，给他陶醉……

这里的爱，是幻想也是思念，是憧憬也是祝福，是自励也是告白。这爱情天真烂漫，淳朴无邪，没有忧愁，都是快乐。

也许，爱情的本身应该这么单纯、热烈而快乐。只是，感情的事很复杂，往往没有这么简单。而且，随着社会人心的日益复杂，感情也变得越来越不单纯，在感情本身的很多纠结和忧伤之外，又附带了很多社会的内容。

二章

梦里相思
心里全是你

窈窕淑女，君子好逑·关雎

关关雎（jū）鸠，在河之洲。
窈窕淑女，君子好逑（qiú）。

参差荇（xìng）菜，左右流之。
窈窕淑女，寤寐（wù mèi）求之。

求之不得，寤寐思服。
悠哉悠哉，辗转反侧。

参差荇菜，左右采之。
窈窕淑女，琴瑟友之。

参差荇菜，左右芼（mào）之。
窈窕淑女，钟鼓乐之。

出自《诗经·国风·周南》

雎鸠，是一种水鸟，又名王雎，长得像凫鹥。这种鸟的雌雄有固定的配偶，
经常是双宿双飞，不分离。古人以此鸟为贞鸟，即吉祥之鸟。《淮南子·泰族训》

上说:"《关雎》兴于鸟，而君子美之，为其雌雄不乖居也。"不乖居，是说它们雌雄搭配固定，彼此忠贞不二。

古人真是聪明，竟想到以关雎鸟起兴，并以此作为诗题，用来表达男女之间坚贞不渝的爱情，真是高明啊!《关雎》作为《诗经》的开篇之作，以其优美的意境感动了后人，遂成不朽。

一对水鸟栖息在水中的沙洲，关关对唱，啁啾和鸣，互相愉悦。它们时而飞起，颉颃翩飞，时而降落，双宿双栖，形影不离，相依相伴。如此美好，令人艳羡。男子触景生情，想那个在水边采摘荇菜的窈窕女子——他的心上人，他苦苦追求的伴侣。

"窈窕淑女，君子好逑"，自古男人爱美女，此乃天经地义，无需隐晦。如此大胆的爱情表白，也说出了男人们的普遍心声。男人们，估计都把这句诗引为心声吧!

他徘徊在河边，心里问:我心中的淑女，她何时再出现?

那天，他看到她在水边参差荇草间，左右穿梭，采摘荇草。远远望去，他一下子被震慑住了，这分明就是一幅水墨画啊。你看:那妙曼的身姿，倒映在水中，临水照花，如梦如幻。她低眉信手采摘着，那娴静的气质，与水边香草的芳香融为一体;那窈窕的身姿，若扶风弱柳，左右摇摆，柔媚至极。他的心，一下子被抓住了，心跳不止……

只这一眼，他对她一见钟情，从此日思夜想，相思如水，悠悠不断，直叫人辗转反侧不能安眠。这情形，怎一个"苦"字了得!

荇菜，是一种水草，古人常以此为食。女人在水边采摘荇菜，是她们的劳动，也是男人眼里的风景。一个"流"字，形象表达了女子捞采、择取荇菜的动作，也生动展现了窈窕淑女的婀娜身姿。

从此，他的梦里都是她，都是她采摘荇菜的婀娜身影。睁开眼，眼前就是她宁静娴雅的姿容。她在他眼前顾盼生姿，时而嘻笑，时而娴静……哦，挥之不去，怎能忘记？他好想和她快快相见，像那对雎鸠一样，相知相恋，琴瑟和鸣，成双入对。在心里，男子已经决定要娶她了。

芼，拔取，采摘。他耽耽难拔的相思里，满是她水边采摘荇菜的影子。他内心在呼唤：美女啊，你让我想得好甜蜜，好辛苦！我多想为你击鼓弹唱，让你欢喜，给你幸福！既然爱她，就要给她快乐和幸福，这是好男人应该做到的。

对于《关雎》，古人见解不一，《毛诗序》说此诗："后妃之德也，风之始也，所以风天下而正夫妇也。故用之乡人焉，用之邦国焉。"认为它是歌颂"后妃之德"，端正夫妇之道，开十五国"风"之始，使此端正的夫妇之风风行天下，"正夫妇也"。《关雎》讲的根本就是"淑女以配君子"之义，进而推延至对贤君淑女的推崇。这是强调本诗的教化功能。

还有一种说法，认为《关雎》写的是太姒和姬昌的爱情故事，说两人河边定情之事。虽然这说法并无考证，但终给人以美感。贤君遇淑女，毕竟是人生之大幸事。

太姒（sì）是周文王的正妃，周武王之母。

太姒，出生在夏禹后代有莘氏（今陕西省合阳县）部落（一说出生在杞国、缯国），姓姒。姒姓，是中国一个有着四千多年的古老姓氏了，其祖先为治水英雄大禹。后来，这个姓氏衍生出夏姓、曾姓、鲍姓、欧阳姓等姓氏。如今，姒姓已经极少了，据说全国姓姒的也不超过2000人，他们零散分布于北京、上海、天津、黑龙江、陕西、浙江、云南以及台湾等地，其中，浙江绍兴的禹陵村，姒姓最多，有100多户，300多人，其祖上历代是守护禹王陵的。

太姒天生丽质，明慧知礼，娴淑有德，远近闻名。一天，在渭水之滨，那时还是西伯侯的姬昌，偶遇太姒，惊为天人，对她一见钟情。后经打听，听说太姒仁爱明理，俭洁淡泊，于是决定娶她为妻。"关关雎鸠，在河之洲。窈窕淑女，君子好逑"，说的正是才子佳人相遇在渭水之滨的情景。

可是渭水没有桥梁，怎么去迎娶美人呢？姬昌日夜思念，惆怅满怀。最后，他决定造舟为梁，兵舟相连，连成一座长长的浮桥，连接起渭水两岸。姬昌带着迎亲队伍，浩浩荡荡，去迎娶太姒，场面盛大。

嫁给一个爱自己的男人，又是贤能的君子，前途无量，太姒还有什么不满意的呢？想必她幸福得会从梦里笑醒吧。两情相悦，郎才女貌成佳配。

婚后，夫妻二人相敬如宾，琴瑟和鸣，如水中沙洲上那一对和鸣的雎鸠，男主外，女主内，生活幸福美满。

太姒婚后贤慧，她效法太姜（周太王正妃）、太任（周王季历正妃），尊上恤下，勤劳持家，恪守妇道。姬昌得升周文王后，她更是为夫君分忧国事，严教子女，深得文王厚爱和臣下敬重，被人们尊称为"文母"。她先后为姬昌生下十个儿子，对孩子们严加管教，使他们都免于过错。刘向《列女传》说太姒"仁而明道"，"周室三母，太姜任姒，文武之兴，盖由斯起。太姒最贤，号曰文母。三姑之德，亦甚大矣！"

什么意思？是说太姒开了为妻子者的贤德之风，从此，她就成了中国女人的一个标杆。太武则天时期，她被上谥号文定皇后，命其名为德陵。

后世以太姜、太任、太姒合称"三太"，后世的"太太"，也是对已婚女性的尊称，以示其贤德直追"三太"。如今，台湾地区还称"太太"，但大陆很少，不是"爱人"，就是"老婆"，说实在的，远不如"太太"显得有味道。

《关雎》是否写周文王和太姒的爱情，并无确证，因为其中并无只言片语写及宫闱。其实，是否真实并不要紧，把它理解为普通人的爱情同样适用。最重要的是，这里的爱情给人感觉纯真美好，如孔子所说："关雎乐而不淫，哀而不伤。"风格纯正，如朱熹《诗集传》所说："性情之正，声气之和也。"

从此，"窈窕淑女，君子好逑"成为男人追求美女的金句，也成为每个女人的自觉修炼。本来，男欢女爱，是人性之本能，如同那对对雎鸠；追求爱情，是每个人的应有权力，只要心中有目标，不妨大胆去追求。因为，有爱才有人间。

真爱，都是纯正美好的，唯其如此，才叫人铭刻难忘。无论结果如何，人生经历一场真爱，才不枉此生。那么真爱是什么？真爱是自然而然地来，是触景生情地想，是无比煎熬地思念，是无限美好地憧憬，是耽耽沉溺地醉。不由自主，身不由己。爱情不只是与对方的一场角逐，更是对自己内心的挑战。日思夜想，梦里相随，享受这心有灵犀的一动，渴望琴瑟和鸣、相知相伴的和美……

这是每个人心中的梦。只是，曾几何时，我们的很多爱情变了味，有了很多附丽：金钱、车子、房子、名利地位等等，人人追求白富美、高富帅，既没了那份单纯，也少了很多忠贞和责任。因为，人们心中那份朴素和真诚早已经淹没在时代的喧嚣中了。

《关雎》这首朴素而热烈的爱情绝唱，体现了先民对爱情自然、纯真、热烈的追求，充满朴素无邪的人性之美。无论看多少动人的爱情诗篇，都不能动摇它在我们心中的始祖地位。

一日不见，如三秋兮·采葛

彼采葛兮，一日不见，如三月兮！

彼采萧兮，一日不见，如三秋兮！

彼采艾兮，一日不见，如三岁兮！

出自《诗经·国风·王风》

我的她，去采葛藤了。一日不见，如同隔了三月。

她去采芦荻了，才走一日，如隔了三季。

她去采香艾了，一日不见，如隔了三年。

才刚走，就觉得已隔好久。如此反复咏叹，可见心中不绝的思念和呼吁，可见他对她的爱情有多深！

诗中，女子去野外干活儿，采葛、采芦荻、采香艾了，那么，男人则在家待着？应该男人去干活儿啊，似乎情理不合。但细分析，也无不可。在当时，这些本来是女人的事情，而男人，大概去打猎吧。

女人不在家，男人就失魂落魄，可见他对她的依赖有多深。男人就是长不大的孩子，一旦情感寄托于某个女人，就像孩子重新找到了一个母怀，对她有很强的依赖。所以，女人一时离开，他就像断了奶的孩子，受不了。由此可见，她对他有多好！

诗歌以夸张反复来形容感情之深，此夸张有悖常理，但却很贴切。蒋立甫《风诗含蓄美论析》说此诗夸张"妙在语言悖理",一日固然不能和三月、三秋、三年相比,但恰恰是这种有违常理的比喻,产生了极大的艺术感染力。这也是成语"一日三秋"的来历。

郑玄《笺》以为此诗暗指周桓王时"政事不明,臣无大小,使出者则为谗人所毁,故惧之"。周桓王当政时,政事不明,他本人有勇无谋,结果屡受专权的郑庄公之气,弄得威信扫地,奸人当道,出使的臣子总害怕被奸佞小人所害,因此忧惧不安。

这个说法没有确切的依据,所以后人评说不一。朱熹《诗集传》认为,此诗指的是淫乱者之间"言思念之深,未久而似久也"。相爱的双方是否是真爱且不说,但彼此思念是真的,分开不久,却感觉已经很久了。望眼欲穿也好,欲火中烧也罢,反正是切切相思,只求速速相见。

近人方玉润《诗经原始》认为此诗为怀友忆远之诗:"夫良友情亲,如同夫妇,一朝远别,不胜相思,此正交情浓厚处,故有三月、三秋、三岁之感也。"倒也可附会。

我们更相信,这是一对男女的爱情之歌。

才刚离去,就生思念,就问:她何时回还?有个词形容爱情叫如胶似漆,大概就是这个意思吧。好得如同一体,水乳交融,你侬我侬,只想这么长相厮守,片刻不离分。一旦有分离,就想得心发慌。虽说"两情若是久长时,又岂在朝朝暮暮",但爱情是自私的、享受的、沉湎的,如非万不得已,哪一对有情人愿意分开呢?只愿朝朝暮暮长相厮守,永不分离!

试探爱情真不真,只需要两人分开一下。你突然离开,不在他身边了,对方想不想你?还需不需要你?这个最能考验爱情。真爱是一旦分开,就情不自禁地想,想叫对方:快快回来!我不能没有你!突然没有了那个与自己相知相契的人,怎么能受得了?

两个深爱的人,爱到彻心透体,只想把彼此融化,卿卿我我,一生一世不相离。世界在他们眼里变小，小到只有他们自己。他是她的天，她是他的地，他们相交成天地，天地合一，遂成一个小小的乾坤世界。倘若一个离开，叫另一个怎么活？他的天会塌下来。

那么，这种爱情有吗？当然有。怎么来？老实说是等来的，绝不是人为刻意找来的，因为真爱是自然而来的一个缘分，可遇不可求。他们气味相投，惺惺相惜，彼此间有深刻的理解和欣赏，有彼此间的互补和需要。

然而，真爱难寻，知己难逢，倘若遇上，是人生最大的幸事。

将仲子兮，无逾我墙·将仲子

将（qiang）仲子兮，无逾我里，无折我树杞。

岂敢爱之？畏我父母。

仲可怀也，父母之言，亦可畏也。

将仲子兮，无逾我墙，无折我树桑。

岂敢爱之？畏我诸兄。

仲可怀也，诸兄之言，亦可畏也。

将仲子兮，无逾我园，无折我树檀。

岂敢爱之？畏人之多言。

仲可怀也，人之多言，亦可畏也。

出自《诗经·国风·郑风》

将仲子，将，请，求；仲子，二哥哥。仲子也许在家里排行老二，抑或本名仲子。

二哥哥，我求你了，不要翻院墙进来呀！别攀那杞树枝呀！一个"将"字，传达出女子对男子的情意：虽是请求，但语气里没有真生气，而只是嗔怪，内里却还有一种兴奋和甜蜜。嘴上说，二哥哥呀，你不该这么无礼呀，可心上却是十分喜欢他的这种大胆和调皮——这不二哥哥来看自己了，不正是自己想要的吗？说明他喜欢自己呀！哪个女孩，不愿看到男人为自己痴狂呢？

我这么说，不是因为多爱惜那树枝，只是碍于羞涩，碍于父母家人及邻居的情面，难为情呀！我心里岂能没有你？只是怕父母兄长怪罪下来呀！

家人的责怪还在其次，最怕乡邻发现呀，你让我姑娘家的脸往哪儿放呀？所以，二哥哥，求你别翻墙，求你别折那檀树枝！虽然我心里有你，但我更怕别人说闲话呀，人言可畏，你不知道吗？

《孟子·滕文公下》有言："不待父母之命，媒妁之言，钻穴隙相窥，逾墙相从，则父母、国人皆贱之。"男女之大防，还是要讲的，否则必遭到"贱骂"，被视为败坏风气之"淫奔"行为，受到社会舆论的谴责。

诗中少女在恋爱中的娇羞，见到恋人的兴奋喜悦，想见又不敢见、碍于礼教的畏惧和矛盾心理，都淋漓地活现出来。

在诗的背后，我们分明可见一位铤而走险的冒失小子——仲子。他难道不知道不该偷着穿越人家的院墙，不该攀折人家的树枝吗？他肯定知道这样不合礼仪，但还不是因为爱情？为了看上心中的女神一眼，冲动一下又何妨？

虽然，这爱情有可能遭到家人和社会的反对，但他们却是自由恋爱，两情相悦的。

《毛诗序》以为本诗是"刺庄公"，说郑庄公没管教好弟弟叔段，对他纵容放任，以致使他傲慢无礼，日思造反，而庄公却不听谏言，结果造成叔段谋反的大乱，差点丢了王位。

郑庄公和弟弟叔段，乃亲生兄弟，但母亲武姜却偏爱弟弟，原因是她生庄公时，做了一个噩梦，所以很讨厌这个大儿子，为他起名叫寤生，明显表现出不喜欢。不仅如此，她还时常在老公郑武公面前说庄公的坏话，希望将来由次子继承王位。但郑武公坚持按照嫡长子继承制的礼法，所以最终在公元前743年，寤生承袭郑国爵位，即郑庄公。但母亲还不死心，向庄公请求，把京邑作为弟弟段叔的封地。庄公不好违背，只好答应。但是，叔段到京邑后，扩建城墙，既违背了祖制，也对庄公不利。大夫祭仲于是上奏庄公，庄公碍于母亲的面子，不好阻止。祭仲说，武姜的要求，永远难以满足，倘若不早做处理，等叔段势力坐大，恐怕局势难以收拾，蔓生的草难以除尽啊。庄公还是心怀恻隐之心，优柔寡断。结果，叔段果然得寸进尺，更加狂妄，不断扩大自己的势力范围，公子吕也进言庄公，要早做处理，否则局势将会失控，但庄公还是没做决定。郑庄公的多次放任后，叔段则砺兵秣马，准备偷袭国都新郑，母亲武姜作为内应，打开城门。

在这关键时刻，庄公才确信自己的弟弟要谋权篡位了，赶紧命令公子吕带领大军前去讨伐叔段。与此同时，叔段所辖的京邑的百姓纷纷背弃叔段。叔段最后逃到共国去避难了，所以人们后来蔑称他为共叔段。

平定共叔段叛乱之后，郑庄公一气之下将母亲武姜送往城颍，发誓不到黄泉，永不见面。但毕竟她是自己的亲生母亲，不久，他又后悔自己做这样的誓言，而母亲武姜也有悔意，最后母子重归于好。

在语文课本中，我们都学过摘自《春秋》的一篇文章，叫《郑伯克段于鄢》，说的就是共叔段之乱这段史事。

前人评价兄长没管好弟弟，母亲和弟弟不守本分，说明治人贵在以理制其心，做人应该慎守礼节、不越规矩的道理。

前人对本诗的理解未免牵强，我们更愿意相信这是一对青年男女恋爱中的互相调情嬉戏，如陈子展《诗经直解》所说："述一女子遇一男子之相挑诱，婉言而严拒之。当采自里巷歌谣，无甚要旨。"此说近理。

爱与不爱，掩饰不了。爱情来了，抵挡不住，无法矜持。日里夜里都是对方，心如火团一样地燃烧着，让人异常兴奋，热烈大胆——为了爱，为了她（他），可以不管不顾，甚至飞蛾扑火，在所不辞。这是爱情的力量，也是爱情的美妙之所在。爱的力量让人激情四射魅力无穷，爱的美妙让人陶醉其中不愿醒来。

两个人相爱，彼此喜欢，无关他人，原本简单又纯粹，但爱情常受到世俗的冲击，比如家世、道德、礼教，以及势利人情等等，总有意无意地作梗阻挠，甚至扼杀爱情。不被社会看好的爱情，向来得不到支持和祝福。这是爱情的脆弱，也是社会的罪恶。

其室则迩，其人甚远·东门之墠

东门之墠（shàn），茹藘（lǜ）在阪（bǎn）。
其室则迩，其人甚远。

东门之栗，有践家室。
岂不尔思？子不我即！

出自《诗经·国风·郑风》

东门之墠，指东门外的平整土地。以此为题，想必这里寄托着作者的深沉情思。

茹藘，指茜草，可做红色染料。阪，指斜坡。

东门外，有一平地，平地附近有个小山坡，小坡上长满了茜草，山坡上，绿树成荫。

风景怡人，仿若一片世外清修之地。

怎么看，这里都那么亲切熟悉可感，让人久久驻留，不忍离去。不用说，这块平地，是心上的那个男人整理出来的。所谓睹物思人，不就是这样吗？看在眼里的，是风物，钻进心里的，却是人。

房屋就在眼前，但它的主人，姑娘的心上人却不在这里，离得远了。真是咫尺天涯，让思念的人儿情何以堪？姑娘为此忧思不断，真希望心上人能突然出现……"其室则迩，其人甚远"，用"迩"和"远"两个意义相反表示空间的词，不用一个思念的词语，但却充分表达了相思之情。以空间的距离表现深长的思念，方法少维。成语"室迩人远"即典出于此。

践，排列整齐。即，接触，亲近。

东门外有棵栗子树，栗树下房屋排成行。岂能不思念你？可是，怎么也不见你来找我？心里好凄惶……

由此可见，这女子不是单相思，两个人至少是曾有过一段情的。那么，男人因何离她而去。应该不是抛弃她，而是暂时，或者出于某种原因而离开了。诗中没有明说，只留下了女子在此间的深情遥忆……

前人以为本诗是讽刺男女淫奔之乱，实不足以为据。傅恒《诗义折中》甚至认为是写"隐士"，他说："贤人不仕而隐于圃，在东门之外除地为墠，植茜于陂，而作室其中。诗人知其贤也，故赋而叹之。以为室在东门，虽若甚迩，而其人则意致甚远，可望而不可即也。"说是人想隐居而不可得也。想必傅恒只看到了景色，而没注意到后面的重点，不是写景，而是思人，所以此说不免牵强。陈子展《诗经直解》认为，这不过是"盖男女求爱，赠答倡和之歌"。此说贴近情理。诗中分明再现了一位女子思念恋人，因见不到而生忧的情状。

热恋中的人，对美景十分敏感，所谓触景生情，这景色既喜人又恼人——有他在时，这景色就像心中的幸福，如诗如画，越看越美；他不在时，这景色就像心里的愁思，越看越烦，愁肠不断。

不知何时起，心里闪出一个人，放不下，挥不去。不见就想，情不自禁，让人又喜又忧。这是杞人自扰吗？有什么办法可以不想他？忙起来吧，把时间占满。但结果不成，抽刀断水水更流。只好承认：没办法不想他——自己已经爱上了他。

青青子衿，悠悠我心·子衿

青青子衿（jīn），悠悠我心。

纵我不往，子宁不嗣音？

青青子佩，悠悠我思。

纵我不往，子宁不来？

挑兮达（tà）兮，在城阙兮。

一日不见，如三月兮。

出自《诗经·国风·郑风》

子，古代对男子的美称。子衿，你的衣领。这里，以衣饰代指心中的那位男子。想你啊，那个有着青青衣领的男人，相思悠悠。纵然我不去，难道你就不会来个音信？嗣音（sì），这里指传寄音信。

你那青青的佩带啊，想起你我就相思绵绵。纵然我不去，难道你就不会来找我？

一唱三叹，萦绕回环，缠绵婉曲，表达着姑娘的思念和心里的焦灼与矛盾：爱他想他，此情悠悠绵长，想他想得心孤独，泪转多；恨自己不能身生双翼去找他，恨他不来找自己，真是爱恨交织，情难自禁。这里的心理描写生动曲折，表现出姑娘情感的细腻、焦急，甚至是任性生气，钱钟书《管锥编》："'纵我不往，子宁不嗣音？''子宁不来？'薄责己而厚望于人也。已开后世小说言情心理描绘矣。"

挑达，独自来回走动。

百无聊赖，姑娘登上城楼，独自徘徊。登高望远，望眼欲穿，却看不到一点影子，听不到一丝声音，不觉黯然……本为解闷，却更添忧愁，思念更甚。那个戴着青青佩带的男子，我的心上人啊，你何时归？一日不见，如隔三月，更何况多日不见呢？

自从一别，他音信皆无，自己去不了，又不见他来，真是又想又恨，心里焦。只有登上他们曾约会的城楼，望远思人……

《毛诗序》以为本诗刺"学校废，乱世则学校不修焉"，孔颖达《毛诗正义》更进一步说："郑国衰乱不修学校，学者分散，或去或留"，此说不免有曲解臆会之嫌。而朱熹《诗集传》则一反从前说法，认为此诗为"淫奔之诗"，虽说法上不好听，但毕竟是看出了本诗系写男女之情。

登高望远，总不免让人生出孤独惆怅。常人尚且如此，更何况心里装着个人却又不得见呢？

想一个人时，眼前都是对方的影子，回味里都是他的气息，心里又爱又恨难以自禁。相思悠悠，绵绵不断。情到深处，百无聊赖，她徘徊辗转，心不安……爱情原本折磨人。

一日三秋。热恋的人，心灵相通，身心投入，只想每天黏在一起，长相厮守，不离分。但人生聚散无常，相离是如此残忍，相思是如此熬人。

从此，"青青子衿　悠悠我心"成为表达深长思念的名句。而"子衿"，后来成为文人贤士的代名词，曹操曾在他的《短歌行》援引："青青子衿，悠悠我心。但为君故，沉吟至今。"表现了他求贤若渴，希望得到志同道合的人辅助的苦闷心情。

从此，青青子衿，文雅风流，成为天之骄子的文人才子的象征，成为美女们心中的白马王子的象征。郎才女貌，才子佳人，成为无数人心中的理想美眷。

婉兮娈兮，总角丱兮·甫田

无田甫田，维莠骄骄。

无思远人，劳心忉忉（dāo）。

无田甫田，维莠桀桀（jié）。

无思远人，劳心怛怛（dá）。

婉兮娈（luán）兮，总角丱（guàn）兮。

未几见兮，突而弁（biàn）兮！

出自《诗经·国风·齐风》

甫田，大片田地。无田，无心耕种田地。

心中想着一个人，无心种田了，任由杂草密又高。理智告诉自己，不该去想他，干活儿吧。旦总是情难自禁，越说不想，偏要想起他。有什么办法不想他？怎能不想他？

因为想他，心里忧伤；因为想他，无心种田，任杂草丛生，一如自己"理不断，剪还乱"的思绪。骄骄、桀桀，都是杂乱茂盛的意思。忉忉、怛怛，都有伤感之意。

古代小孩，未成年时，叫总角，即梳起两辫上翘着。丱，指两个小辫左右相对的样子。而弁，原意指帽子，古代男子成年时，就会戴上帽子。当初那个俊美少年，翘着两个小辫的少年，像牛角一样，俏皮可爱。他是我儿时的玩伴。那时，一起嬉戏打闹，一起玩过家家，两小无嫌猜，青梅竹马。

只是童年的快乐很快过去，他们都长成少年，男女开始有别。再后来，他出了远门……

曾几何时，男孩占据了情窦初开的少女的内心。她觉得自己还在这里，还活在过去，而他，已经远离自己，但心里，她与他从来没有这么近。

柔情似水，佳期如梦。她想：几年过去了，他应该已经长成大人了吧？她在心里无数次想象着他的样子，憧憬着未来相遇的那一天；在心里，她无数次构想着他们急中生智的浪漫情景……

《毛诗序》认为本诗"刺幽王也。君子伤今思古焉"。郑玄《笺》认为"刺者刺其仓廪空虚，政烦赋重，农人失职"。朱熹《诗集传》说："田甫田而力不给，则草盛矣；思远人而人不至，则心劳矣。以戒时人厌小而务大，忽近而图远，将徒劳而无功也。"说法不免有些牵强。

这里说一下周幽王，此人贪婪腐败，不问政事，任人唯亲，说起来他还真是大周朝的祸星——他刚即位的第二年，西周的都城镐京（今西安）就发生了地震，并引发了泾、渭、洛三条河川枯竭，岐山崩塌。他沉湎酒色，为了一个宠爱的褒姒，废除了他的王后和太子，改封了褒姒母子为王后、太子。据说这个褒姒，是个冷美人，从来不笑。周幽王为了让她笑，甚至贴出告示：谁能让褒姒笑，就赏赐他两千两黄金。人们都来献计，但纷纷失败，美人还是不笑。有个叫虢石父的大臣，给他出了个主意，周幽王听后连称：好，妙计！于是，周幽王按计行事。派人在烽火台燃起烽火。当时周朝有很多峰火台，敌人来时，就点燃峰火以此为号召集援兵。周幽王让人这一点，果然诸侯们都率领着将士们匆匆赶来。但他们来到后，却没看到敌人，一个个面面相觑，又惊又气——原来周幽王这是捉弄我们啊！而站在周幽王旁边的褒姒看到他们的样子，不禁哈哈大笑。周幽王看到爱妃终于笑了，龙颜大悦，赏赐给虢石父黄金千两。这就是千金一笑的典故。为了博得美人一笑，周幽王多次点燃烽火，以致后来诸侯们不再相信有战事，渐渐没有反应了。周幽王十一年（前771年），真正的战事来临，当他命人点燃烽火召集诸侯援救时，已经无人驰援。周幽王最终在骊山之下被犬戎杀死，褒姒被虏走，西周灭亡。《王逸正部》说周幽王"德不能怀，威不能制"，礼乐崩坏，国家灭亡是必然的。不怪红颜祸水，而是沉湎于红颜的人，不能自救呀！

本诗描写一位女子对儿时伙伴的爱恋和思念之情。两小无猜的玩伴，到情窦初开的初恋，这种熟悉又陌生的情感，真是人生中最美好的爱情。

因想他，无心种田，任广田荒芜，杂草丛生；因思他，心伤感，任身心皆憔悴。我俩青梅竹马，两小无猜。我那俊美的少年啊，几年不见，再见时，估计你已是成熟的美男子了吧？期待，期待……

有一种初恋，是两小无猜，青梅竹马，是儿时的玩伴。曾经一起过家家，一起上学，一起捣蛋，是同桌的你……曾几何时，或许是某个假期过后吧？彼此再见时，竟然心跳脸羞红；不见时，竟然心里有些思念……原来，我们长大了，正是情窦初开时。初恋，像圣洁的莲花，盛开在彼此的心里。

初恋了，他们互相通信：他才气横溢，已充满男子汉口气；她热烈真诚，柔情似水，信长情也长。她小心地捂着信入睡，他们的恋情秘不示人……初恋美得纯洁无暇，美得惊喜忐忑，美得羞涩隐秘……

哦，拿什么形容它！初恋就是诗。初恋是生命中最强烈的体验，是上帝送的最好礼物。所以，无论有无结果，初恋都成为每个人心底珍藏的宝贝。

所谓伊人，在水一方·蒹葭

蒹葭（jiān jiā）苍苍，白露为霜。

所谓伊人，在水一方。

溯洄从之，道阻且长。

溯游从之，宛在水中央。

蒹葭萋萋，白露未晞（xī）。

所谓伊人，在水之湄。

溯洄从之，道阻且跻（jī）。

溯游从之，宛在水中坻（chí）。

蒹葭采采，白露未已。

所谓伊人，在水之涘（sì）。

溯洄从之，道阻且右。

溯游从之，宛在水中沚（zhǐ）。

　　　　　　　　　出自《诗经·国风·秦风》

蒹葭，芦苇。所谓，所想的。

河边芦苇繁茂，一片绿苍苍。秋天来了，露水结成霜。天高云淡，催人怀人之思。我不由想起心中的那个她，抬眼河对岸，她在那里吧。

我逆流而上，但道路险且长；我顺流而下，看到她就好像就在水中央……但是，我还是接近不了她。思念如此长，距离如此远，够不到，心怎能不伤？溯洄：逆流而上。溯游：顺流而下。这两个词用得极好，表达了主人公思念恋人、上下求索的心路和辛苦。

跻，水中高地。坻，水中沙洲。未已，未干。

河边芦苇密密生长，晨露还未干。心中的她，就在河对岸。我逆流而上，道阻且险；我顺流而下，她宛如在水中的沙洲。

沚，水中沙洲。

河边的芦苇稠密，晨露未干。我心中的她，就在河对岸。我逆流而上，路阻且曲；我顺流而下，宛如水中洲。

芦苇茂密修长，犹如相思之浓厚。白露之晶莹，犹如爱情之纯洁剔透。它生了又干，干了又生，表明思情不断，从早到晚，日夜思念，而且这相思，只为一个人而明灭。白露这个意象，用得真好，既表达纯洁的爱情，又表达了思念之浓。逆流又顺流，仿若追寻恋人之艰难反复曲折。找啊找，追啊追，快找到了，她在那儿——看，在河中央。哦，在河中小洲。不，在河中浅滩！诗中的主人公像捉迷藏，追寻着心中的她，但总是难"逮住"她。这一切说明主人公用情之深，由思念入恍惚，急切的寻找中，眼到之处，处处可见心上人。

然而，事实上，心中的她，究竟是否在河对岸？不过是他的猜测罢了。正因为不明确，所以才上下求索，处处可见，却处处找寻不到。毫无希望却充满诱惑，诱人思念，迫人追寻。曹植的《杂诗七首》之四中有句："东游江北岸，夕宿潇湘沚"，描写其心中的"南国佳人"，表达的也正是这种迁徙不定，无从知晓的寻觅之情。隐约可见却依然遥不可及，是爱情的美丽，也说明真爱之难得。

《毛诗序》以为本诗"刺襄公也，未能用周礼，将无以固其国焉"。方玉润《诗经原始》也有此意，说："盖秦处周地，不能用周礼。周之贤臣遗老，隐处水滨，不肯出仕。诗人惜之，托为招隐，作此见志。一为贤惜，一为世望。"而朱熹《诗集传》则认为："言秋水方盛之时，所谓彼人者，乃在水之一方，上下求之而皆不可得。"说明这是一首怀人诗。也许诗中有深意，但前人对诗经向来是愈求深远，而结果是离题愈远。所以，后来的读者，还是以其为爱情诗。

河的对岸有佳人，但苦于见不着，顺逆皆不达，思念如流，曲折婉转，缠绵悱恻，表达对爱情的上下求索和心中的怅惘。

爱情的美，爱情的真，爱情的温柔浪漫，在这里演绎得淋漓而自然，荡气回肠。忧思如芦苇，苍茫而惆怅；爱心如白露，晶莹可鉴，忠贞可表；思念如流水，悠悠涓涓又翻涌如浪，溯逆皆不达，难见心上人。心中的伊人，虽没正面描写，但她的美，已叫人思渴若狂，无法自持。

真正的爱情，自自然然地来，没有刻意，不必矫情，不能预设，没有计划，是一见如故，一见倾心，是蓦然回首间的惊喜发现，是面对一个人时突然的紧张、羞涩与在意。因此伴随爱情而来的所有努力，都是甜蜜的，也是痛苦的，在痛苦的思念中甜蜜，在甜蜜的思念中伴着痛苦。

这首爱情的千古绝唱，打动了人们心中那根最柔软的神经，以至影响深远。后人在书信中，常用"蒹葭之思"（简称"葭思"）、"蒹葭伊人"表达怀人之思。本诗的虚化事实和空灵意向的表现手法，在后世曹植的《洛神赋》和李商隐的《无题》诗中都能找到影子。而当代爱情教主琼瑶的小说《在水一方》，更有邓丽君演唱的同名歌曲，也是脍炙人口，无不说明本诗的影响之深远。

月出皎兮，佼人僚兮·月出

月出皎兮，佼（jiǎo）人僚兮。
舒窈纠兮，劳心悄兮。

月出皓兮，佼人懰（liǔ）兮。
舒忧受兮，劳心慅（cǎo）兮。

月出照兮，佼人燎兮。
舒夭绍兮，劳心惨（cǎo）兮。

来自《诗经·国风·陈风》

　　僚，即"嫽"，柔美。窈纠，窈窕，下面的"忧受"、"夭绍"同此。悄，忧心。

　　月光皎洁，惹人情思，想美人。她面如满月，身材窈窕，娴雅美好，顾盼生姿，怎不叫人思念呢？抬头望月，低头思人。月光如水，思念亦如水。如此美景，叫人孤独，心生忧愁！

　　月亮孤独地悬挂在夜空，又冷又柔，引人相思惆怅。望月思人，是人类的"通病"，也是与天对话，天人合一境界的体现。后世张若虚的《春江花月夜》吟出"江畔何人初见月？江月何年初照人？"的千古名句，既是月下思人，又是对人生的思索与扣问。李白的《长相思》有句："孤灯不明思欲绝，卷帷望月空长叹，美人如花隔云端……"写的也是月下思人的相思之苦。其他还有很多，中国古代的咏月诗文，可谓积案盈箱，汗牛充栋。无论这些诗文的视角和形式如何，语言如何变换，其所表达的都是朦胧美妙的意境，怅惘相思的情调。这种意境与情调，都可追溯到这首《月出》，它们都滥觞于《月出》。因为月之本身，终古常见，而光景常新，所以其中的名篇，总能引起人们的感动和共鸣。

懰，妩媚。慅，忧虑。

月光洁白，美人你啊，好妩媚。你那么娴雅，那么婀娜，真牵我愁肠！我如何才能见到你呢？

燎，明艳。惨，同"懆"，焦躁。

月光朗照，美人你啊，好明艳。你的娴雅，你的风姿，引我心不安！见不到你，我心怎能安？

月下思人，赞美心上人的纯洁、美貌、娴静、窈窕、妩媚，明艳动人。此情此景，柔情似水，情景皆令人陶醉。

《毛诗序》终不离政治说教，说此诗"刺好色也。在位不好德，而悦美色焉"。朱熹《诗集传》则说："此亦男女相悦而相念之词。言月出则皎然矣。佼人则僚然矣。安得见之、舒窈纠之情乎。是以为之劳心而悄然也。"则肯定它是爱情诗。清人方玉润《诗经原始》说："从男意虚想，活现出一月下美人。"认为是一个男人的月下意淫，表达他心中强烈的爱情。

月光如水，皎洁柔美，惹人情思。那个女孩，温柔似水，妩媚明丽，她端庄娴雅的气质，婀娜多姿的身材，风华绝代。此刻，花好月圆，好景如梦，思念如水，缠绵悱恻。那里，有个女子正姗姗而来……哦，全是痴想，月夜相思，劳心忉忉。

月儿皎洁，美人娇好，约会正当时。她面如满月，眼含秋水，口如流丹；温柔似水，娴静如月，窈窕多姿，风姿卓绝。如此美人，哪个男人不动心？男人的心里，都有一个这样的梦。

花好月圆幸福夜：花比美人之姣丽，月比美人之清明。爱情美如月夜，幸福满如月圆。没什么比幸福更诱人，没什么比幸福更难得。月夜最是撩人，月亮升起，明丽了多少爱情？又升起了多少寂寞？

今夜月光正好，你在思念谁？

寤寐无为，辗转伏枕·泽陂

彼泽之陂（bēi），有蒲与荷。

有美一人，伤如之何？

寤寐无为，涕泗滂沱。

彼泽之陂，有蒲与蕳（jiān）。

有美一人，硕大且卷（quán）。

寤寐无为，中心悁悁（yuān）。

彼泽之陂，有蒲菡萏。

有美一人，硕大且俨。

寤寐无为，辗转伏枕。

出自《诗经·国风·陈风》

　　陂，堤岸。池塘的岸边，有蒲草，有荷花。那个英俊的美男子，我因想他而心里烦忧。我日夜思念，涕泪交流。临水照花，花不语，只为心上想一人。对于孤独人，千万别到池塘边，一到准成伤心人。

　　蕳，兰草。卷，同"婘"，英俊。悁悁，忧郁。

　　池塘岸边，长着蒲草与兰草。那个美男子，高大又英俊。我日夜思念，郁闷惆怅。

菡萏，莲花。

池塘的岸边，长着蒲草与荷花。那个美男子，高大又威严。我日夜思念，辗转难眠。

一个女子坐在池塘边，看到香蒲、兰草、莲花，触景生情，不禁思念心中的他，那个英俊、高大又威严的美男子，为他忧虑、惆怅，日夜思念，几至夜不能寐，辗转反侧。

全诗意境清新，感情率真坦诚，展现出一个大胆追求爱情的女子形象。

他高大强壮的身材，庄重而威仪的神态气质，让她着迷。与今天美女追求的高富帅一样，她的爱情首先是感性的，至少这外表是她喜欢的，让她的爱情更加形象可感，更加让人着迷。都说男人爱美女，女人也同样爱帅哥。喜欢又养眼，当然最好不过，这样的爱情，岂不是更增加美的成分？

女子沉醉在爱的痴情中，不能自己，投入得忘记了自己。她不是简单地追求一个帅哥，更有深沉的感情在，否则不会如此忘我，柔情似水，切盼佳期。

香蒲、兰草、莲花，在这里既是起兴，又比喻男子品貌皆佳，气质如兰，人品芳香，还代表了女子对这份爱情的纯洁与忠贞。

《毛诗序》以为此诗"刺时也。言灵公君臣淫于其国，男女相悦，忧思感伤也"，是讽刺陈灵公与他的两位大臣孔宁、仪行父与夏姬通奸的丑闻，以致国内淫风盛行。

陈灵公是春秋时期陈国的第 19 任国君（前 613 年－前 599 年），此人荒淫无道，最有名的，要算他与夏姬的丑闻。夏姬，姓姬，是春秋时郑穆公的女儿，天生美貌，因嫁给陈国的夏御叔为妻，故称夏姬。御叔早死，留下夏姬与儿子夏征舒。人常说寡妇门前是非多，更何况夏姬是美女，而且本性风流，耐不住寂寞呢？所谓臭味相投，陈灵公早已对夏姬垂涎了，于是经常拉上大臣孔宁和仪行父，到夏姬那里，一来二往，三人便勾搭成奸，夏姬遂成为三人的情妇。这三个男人，玩得开心，有一次竟然在朝堂上都拿出夏姬的内衣来，互相取笑嬉戏。大臣泄冶实在看不过去，便进言灵公，希望他能做有德之君，免得为后人笑话。陈灵公不仅不听劝，还怂恿孔宁和仪行父杀害了泄冶。其丑闻传开，百姓作《株林》诗讽刺。

一天，君臣三人又去夏姬家玩乐。灵公又没正经了，玩笑对他俩说："夏姬的儿子征舒，长得很像你们啊！"那两位也打趣道："也很像国君您啊！"夏征舒听了，心中愤恨，便趁灵公醉酒离开他家时，在门外将陈灵公射杀。

朱熹《诗集传》认为"此诗之旨，与《月出》相类。言彼泽之陂，则有蒲与荷矣。有美一人，而不可见，则虽忧伤，而如之何哉。寤寐无为，涕泗滂沱而已矣。"此说更加贴切。

池塘边的蒲草荷花，让人触情伤情。那个美男子，高大壮实，英俊威严。思念不见人，心惆怅，怀忧伤，泪满面；心焦惶，食无味，夜难眠，人憔悴……

爱一个人，有甜蜜，也有忧伤。甜蜜于心心相息，两情相悦，忧伤于分离两地，相思难见。爱在牵挂中更见沉甸甸，充实又沉重。大概人就是这样：无爱的心里空落落，有爱的心里易受伤。佛说爱是虚空，人生最怕是动情。而我们是人，怎能不动情？

恋爱时，智商有下降，走神发呆又痴狂，而这份傻，正是爱的动人之处；恋爱时，食睡不香但精神不减，正是因为有爱情这个精神食粮。"为伊消得人憔悴"，爱有多少深刻，就有多少神伤。

三章

恐爱生变
愁肠只因你

寤言不寐，愿言则嚏·终风

终风且暴，顾我则笑，
谑浪笑敖，中心是悼。

终风且霾，惠然肯来，
莫往莫来，悠悠我思。

终风且曀（yì），不日有曀（yì），
寤言不寐，愿言则嚏（tì）。

曀曀其阴，虺（huǐ）虺其雷，
寤言不寐，愿言则怀。

出自《诗经·国风·邶风》

终风且暴，终日刮风而且是暴风，这鬼天气，烘托出主人公心情的郁闷。

果然，有位姑娘，在这大风天，思念起情人。天气不好，心情愁闷，孤独一人，百无聊赖，不由回忆从前的快乐时光：想起那天，他转身朝她笑，他有情来她有意，当时的甜蜜，瞬间铭刻在心里。当时，他与她戏谑调笑，逗得她开心满怀。可如今，只剩下她一人，在这大风天，独自回味，岂不令人心伤？

一个"悼"字，有忧伤，还有惊惧之意，隐含着女子生怕被他抛弃的复杂情感。

"顾我则笑，谑浪笑敖"，说明曾经两情相悦，情投意合，曾共度快乐幸福的时光。

如此幸福快乐，唯愿长久，不离分。可谁知，这不过是妄想——曾几何时，他离她而去，从此不见踪影。

都说覆水难收，女子爱上他，他就是她的天，一旦他离开，怎么不叫她身心俱损，心崩溃？这爱已入她的骨血，不能没有他。唯愿他有一天能回返。

惠，顺。

终日大风且雾霾，怎么能让他顺利地到我这里来呢？我不去，他不来，真让我心里好烦忧！

或许并非男人弃她而去，只是两人有了点小冲突，彼此不肯服输妥协，谁也不想主动找对方。但女子，已经快撑不住了——她怕失去他，回忆起从前的美好时光，为见不到他而郁闷，心里呼唤着：你呀你，怎么这么不懂女人心，还不快快来！

终风且曀，终日刮风且阴沉。不日，不见太阳。有，同"又"。 寤言不寐，醒着难入睡。嚏，打喷嚏。民间有"打喷嚏，有人想"的谚语。刮着大风，天又阴沉了，女子相思日久，几近成病，夜不能安寐，长醒不睡。都说情人间心有灵犀，心有感应。她为情所困，几乎为他消得人憔悴，而他呢？他能感应到吗？我这么想他，但愿他打个喷嚏吧，好提醒他想起我，想起我……

曀曀，天阴。

风过了，天更曀曀阴沉，虺虺雷声传来，雨马上要来了！女子依然难入梦，相思绵绵无绝期。眼见得情人归期无望，只好在无奈中自我安慰说：但愿他也长想我……

从欢娱的回忆，到满心的期望，再到深情的呼唤，直至最后无奈的自我安慰；从狂风疾走，到尘土飞扬，到天阴沉，再到雷声隐隐，雨天来临，步步递进，以天气烘托出女子情感的变化和悲剧的命运，手法独特，带给读者强烈的艺术感染力。

《毛诗序》认为此诗是"卫庄姜伤己也。遭州吁之暴，见侮慢而不能正也"。朱熹《诗集传》也从其意，谓："庄公之为人，狂荡暴疾。庄姜盖不忍斥言之。故但以终风且暴为比……盖庄公暴慢无常，而庄姜正静自守，所以忤其意而不见答也。"

庄姜，据说是姜子牙后人，春秋时齐国的公主，卫庄公的夫人。庄姜出身高贵，天生丽质，是标准的美女，出嫁时也很风光，《诗经·卫风·硕人》中这样描写她："手如柔荑，肤如凝脂，领如蝤蛴，齿如瓠犀，螓首蛾眉，巧笑倩兮，美目盼兮。"这美后来成为东方美女的标杆。就连不怎么评论女人的孔老夫子，也曾大加赞美。有一次，孔子的学生子夏提到"巧笑倩兮，美目盼兮"一句，问："怎么那么美？"孔子答道："绘事后素"。美图之所以美，是因为有白色的底子；庄姜之所以美，是因为她的人品才德。没有才德，美是显现不出来的。这才是真正的美啊！可见，孔子也陶醉于庄姜的美了。

庄姜才貌双全，品德芬芳，但红颜薄命，命途多舛，婚后就开始了悲苦的命运。由于婚后无子，遭到卫庄公的冷落。卫庄公虽没有休掉她，当然为了两国关系，他也不敢休掉这个公主，但却不断给她冷脸子看。而且庄公脾气暴戾，有时还会来点家庭暴力。后来甚至又续娶了陈国之女厉妫、戴妫姐妹两个，后者为他生了儿子。庄姜虽贵为公主，但嫁人后从夫，只好逆来顺受，与孤灯为伴，冷夜寂寞。

按照现代人来说，不能生育可以抱养一个嘛。但当时不生育可是个大毛病。当然，说到底，夫妻二人还是感情基础不够，估计庄姜也充当了政治联姻的牺牲品。

戴妫为卫庄公生了个儿子，即后来的桓公。庄姜虽不得宠，但庄姜还是大老婆的身份。她对庄公的儿子视若己出，十分疼爱。只是后来桓公被庄公的另一个儿子州吁所杀，州吁后来又被卫国人所杀。在这一系列的宫廷谋杀中，庄姜多遭变故，心灰意冷，看透世事，红颜憔悴。

朱熹认为庄姜是我国历史上第一位女诗人。他认为《邶风》的开篇五首诗全是庄姜所作，其中最为著名的一篇为《燕燕》：

燕燕于飞，差池其羽。之子于归，远送于野。瞻望弗及，泣涕如雨。

……

本诗所表达的情感亦如庄姜的忧伤与寂寞，表现了一位女子久不见情人来，生怕见弃的怅惘心情。狂风作，天阴沉，雷声鸣，雨欲来，如同她的心潮起伏。他一去不返，爱恨交加，辗转难寐。想他，他是否会有所感应，打个喷嚏呢？但这不过是幻想，仍不见他来，只好孤独地自我安慰，活在过去的回忆里……

曾经那么相爱，美丽的邂逅，回头一笑心相通，相互戏谑调笑，你侬我侬，甜蜜如饴。而今他一去不返，丢下她一人，在阴风雾霾中心伤……爱他，曾那么容易；而放下他，竟这么难。

相爱时，有思念，那思念是甜的，在寂寞里憧憬；失恋时，有思念，那思念是苦的，在失意中痛苦绝望。爱是这么成就人，这么折磨人，甚至毁掉一个人。爱，镌刻在心里，怎能轻易抹去？纵使你不再爱我，纵使我这么恨你，可还是忍不住想你。而你，是否感应到我的思念，会不会打个喷嚏？失望中怀一份侥幸，希望负心汉还留一份情意。

失恋的天空，是阴沉的；失恋的心，被情伤无情地折磨着。窗外阴霾滚滚，耳里风雷雨声成一片，窗里的失恋之人，彻夜长眠，寂寞无伴，夜听风雨，更助凄凉……此情此景情何以堪？失去你，我只能活在回忆里；你离开我，是否也会偶尔想起我？

维子之故，不能餐兮·狡童

彼狡童兮，不与我言兮。

维子之故，使我不能餐兮。

彼狡童兮，不与我食兮。

维子之故，使我不能息兮。

出自《诗经·国风·郑风》

你个狡猾的坏蛋，不肯理我了。从首句就可知，一对恋人闹别扭了，或许是一次口角，或许是一个误会，男友不理她了，女子这边心里着急了。一个"狡童"，嗔怪中满含爱意。可见她并没有真正生气，还切切希望他也不要真的生气。

维，因为。

就是因为你，我吃不下饭。只因为男友生气不理她了，见不到了，她就茶饭不思，百无聊赖，心忧愁。如果没有深爱，怎么会这么在乎？

只是，他知道吗？也许和她一样，心怀思念，赌气不理人；也许，他毫无感觉。但愿是前者吧，否则，就是她爱错了人。

法国女作家斯达尔夫人说："爱情对于男人来说只是他生活中的一个插曲，而对于女人来说，则是她生命的全部。"女人向来多情，一旦陷入爱情的陷阱，从此不能自拔。无论他来不来，她依然在那里痴心思念，深情呼唤……

你这个狡猾的坏蛋，不来和我共餐。就是因为你啊，我睡不踏实。先是茶饭不思，后是夜不能寐。思念与日俱增，日久弥坚。

她爱他，所以受了委屈，一时生气，回头又自己找出无数个原谅他的理由来，安慰自己，也为他开脱。只因爱他，所以欣然接受他的所有缺点，甚至错误。

只因爱他，她宁愿自苦，也不愿失去他。爱让女人变得格外宽容和坚忍。

这对恋人，应该只是一时闹点小别扭，男人也是爱她的，她对此也是自信的，所以才喊出"狡童"之嗔怪，心里怪着，甜蜜着，也因为暂时的分开而忧愁不安。

《毛诗序》认为此诗是"刺忽也。不能与贤人图事，权臣擅命也"，讽刺郑昭公不任用贤人，致使祭仲擅权，危害国家，此说未免曲解。而朱熹《诗集传》认为"此亦淫女见绝而戏其人之词"，虽贬低此诗，但可算接近本旨。

恋爱是一场男女间的战争，要么是双方打个平手，握手言欢；要么是一方对另一方的征服，对方心甘情愿地妥协。胜的人开心，败的人心悦诚服，无论胜负，都十分尽兴，兴味不尽，从此纠缠不断，再难分开。就此意义讲，走到一起的男女，真的是冤家。

真爱不是一方对另一方的附庸，一方完全被动的感情不可能有真爱。真爱是平等的，有对等的呼应，有感情的交锋：不只有心有灵犀，两情相悦，情投意合，还会有不可免的误解和矛盾。甜蜜时浓稠如蜜，矛盾时互相衔恨，为此忧戚惶惶，寝食难安……如此反反复复，爱越磨越深，最终彼此离不开。

谁侜予美，心焉忉忉·防有鹊巢

防有鹊巢，邛（qióng）有旨苕（tiáo）。

谁侜（zhōu）予美？心焉忉忉。

中唐有甓（pì），邛有旨鹝（yì）。

谁侜予美？心焉惕惕。

出自《诗经·国风·陈风》

本诗的男主人公思念心中的姑娘，担心她变心，为此忧虑不安。有个成语叫鸠占鹊巢，诗中的男子，生怕别人抢占了自己的地盘，抢占了自己的姑娘。

防有鹊巢，河堤上有个鹊巢。邛有旨苕，山丘上有美味的紫云英。看着河堤上的鹊巢，小丘上的凌霄花，男子想起自己的恋人。她还好吗？我在这里想她，她是否也在想我呢？真恨自己不能身生双翼飞到她身边，那样就可好好爱她，保护她，自己也放心啊。

侜，欺诳。

诗中一个"美"字，透露他的恋人是个美女。其实，情人眼里出西施，在他眼里，她一定是个美人。既是美人，自然就会有众多追求者。男子突然想到，会不会有人欺诳我的美人呢？会不会在她面前说我的坏话？让我的美人对我变了心？一想到这些，他心里就心绪不宁，忧愁难安……

中唐，庭院的甬道。甓，一种瓴甓的瓦片。鹝，绶草。

甬道上铺着瓦片，小丘上长着绶带草。谁在欺诳我的美人？我的心好忧虑。

男子的不安还在加剧，一直在怀疑有人欺骗他的美人，生怕美人变心。这种情绪一直弥漫，压在他的心头，久久不能挥去……

他的这种怀疑和担心有必要吗？倘若彼此有真爱，自然有信任，对这分爱情自然有信心，道理应该如此。但是，爱情也往往是脆弱的，有时，越相爱就越怕失去。尤其恋人是一个美人，感情如此复杂微妙，谁又能说得清呢？如此看来，这样的多疑也在情理之中。

细看本诗，发现其中的很多描写违背事理：喜鹊本来在树上搭巢，却到了河堤上；紫云英本生在低湿地方，却长到了山丘上；铺在屋顶的瓦片，却铺到了院子中道上；绶草本长在水边湿地，却长到了山丘上。可所有这些，都是主人公眼里的所见。如此违背事理，可见所有这些景物，是他思念中产生了迷离、恍惚，从而产生了幻象。这是否也说明，他的多疑和担心是多余的，是杞人忧天呢？天下本无事，庸人自扰之。陷于爱情中的人，往往会理智锐减，甚至智商下降的。本诗中的男子，是典型的因爱失智。

《毛诗序》认为此诗"忧谗贼也。宣公多信谗，君子忧惧焉"。朱熹《诗集传》则认为是"男女之有私而忧或间（离间）之词"。后者更接近诗旨。

河堤上鹊巢，丘上野草花，引我情思，纷乱纠结。美人不在身边，她那么单纯，会不会听信谗言，对我变心？越想心越乱，如蔓生的野草，直至进入恍惚迷离……

他因深爱而心系一人，失去自己的独立性——我的他（她），那么优秀，一定会有好多人追求。于是，心上人不在身边时，闲来无聊时便胡乱猜想，生怕感情有变，恋人被夺走。

其实，真正相爱的彼此，即使再爱对方，也不会丧失自我。爱只会让他提升自信、光彩和魅力。而且他对这份爱情有信心，因为信心而信任，不会乱

生猜想，不会害怕失去。那些害怕失去的人，是因为爱得失去自我自信。爱他，
要更爱自己；爱他，就信任他，给他空间，不要翻看他的手机。

执子之祛，无我恶兮·遵大路

遵大路兮，掺（shǎn）执子之祛兮。

无我恶兮，不寁（jié）故也！

遵大路兮，掺执子之手兮。

无我魗（chǒu）兮，不寁好也！

出自《诗经·国风·郑风》

不寁故，不要抛弃故人。

一路沿着大道走，紧紧拉着你的袖口。不要厌弃我啊，不要马上抛弃故人！

"遵"和"掺"字，展现出一个乖顺的女子，完全依赖于自己的丈夫，黏着他，紧紧拉着他的手。但似乎男人对他并不疼爱。她完全被动，处于弱势，生怕男人讨厌自己，弃她而去。甚至她为此脆弱地哀求：别厌弃我啊，别这么快就抛弃故人！

一个"故"字，表明她是他的原配，他们已交好日久。或许他们青梅竹马，或许相濡以沫，总之，已经共同走过很多岁月，所以彼此已成故人。人们都说日久生情，更何况是相爱的一对呢？爱情应该历久弥坚。

但现实残酷多变，感情复杂多变，尤其是男权社会，男人往往会朝三暮四，喜新厌旧，这样，他的故人，就只有伤心了。

诗中的女子，正是怀着这样的忐忑，生怕丈夫抛弃自己，所以紧紧跟着他，拉着他，黏着他，求着他，与自己继续同路，走完人生。

觏，丑陋。

她一直跟着他，拉紧他的手。又进一步哀求丈夫：不要嫌我丑，不要马上抛弃旧相好！

在她看来，只有这么一路紧跟丈夫走，紧紧拉着他的手，不放松，依赖哭啼带哀求，丈夫就会紧紧攥在手，一路相伴永不分离。只是她这样的姿态，小鸟依人，梨花带雨，男人要是怜爱还好，如果讨厌她这么不自信和黏人，岂不是自找没趣？

女人在爱上一个人时，往往会爱得丧失了自我的尊严，连高傲才女张爱玲也不能免，她为了爱情宁愿把自己"低到尘埃里"，但结果怎么样呢？还不是生生地被胡兰成抛弃？这样的爱，实在是可怜又可悲。岂不知，爱不是求来的，不是一厢情愿的琵琶独奏。女人爱一个人，最可怕的就是让爱淹没了自我。

《毛诗序》认为此诗"思君子也。庄公失道，君子去之，国人思望焉"。朱熹《诗集传》谓"淫妇为人所弃，故于其去也，挈其祛而留之"，还是承认它是爱情诗。

莎士比亚说："女人啊，你的名字是弱者。""遵大路兮挈子祛"（宋玉），是每个女人不自觉的表现。或许天性使然，不能不承认，女人的确依赖男人：有他的爱时，她为爱而活；失去他的爱时，她痛苦流泪。很难想象，没有男人呵护的女人，她的人生有多漫长……古代女人是，现代女性何尝不是？男人没有女人可以事业自慰，女人没有男人，纵有事业，也是强作欢颜，暗里伤悲。

女人都爱慕虚荣，哪个不想养尊处优？有好男人依靠固然幸福，但毕竟很多女人没这么幸运：她们不是没遇到好男人，就是对男人失去信心，只好选择靠自己，做独立自强的女人。当然，也有女人，天生才智，事业心强，爱与男人竞比高，不屑于依靠男人，但最终结果，要么变成一个失去女性美的女汉子，要么被一个强大的男人收服……

如果他爱你，必将对你有实际的关怀，对你负责；如果他爱你，必会紧紧拉住你的手，不放开。因为他担心一松开，万一你会抽出自己的小手离他而去。其实，你丝毫不必担心他会放开……女人们，不管富贵与贫穷，都应该选择这样一个男人来爱他。

髡彼两髦，实维我仪·柏舟

泛彼柏舟，在彼河中。

髡（dàn）彼两髦（máo），实维我仪。

之死矢靡他。

母也天只，不谅人只！

泛彼柏舟，在彼河侧。

髡彼两髦，实维我特。

之死矢靡慝（tè）。

母也天只，不谅人只。

出自《诗经·鄘风》

髡，头发下垂。两髦，男子未行冠礼前，头发齐眉，分向两边。仪，配偶。矢，誓。谅，相信。

我轻摇柏木舟，在河中慢慢划行。那位垂髦的少年，才是我心仪的男人。除了他，我誓死不从别人。母亲啊，天啊，为何你们都不体谅我？

她已经有了心上人，而家长给介绍的那位，不是她喜欢的。但她的爱，却得不到母亲的理解和支持，由不得她做主。于是，她只好一人摇着小舟，排遣郁闷，却又无奈无助，感叹，母亲不理解，上天不支持。

她喜欢的男子，还是垂髫少年，头发还未束起，就是说还没成年。那么，她们应该是早恋了。情窦初开，两小无猜，少年恋爱。虽然也许如青涩的果子，出于天真，并不成熟，最终不能结果，但却是真诚、纯洁而热烈的，未经世俗的浸染，是世间最美好的感情。或许她的家长更明白爱情和婚姻的本质，家长"媒妁之言"而成的婚姻也许并非没道理，但同时也带着更多世俗和势利的成份，往往忽略了当事人的感受，所以往往造成爱情悲剧。

就像现今的很多家长，闻听孩子早恋色变，表现出惶恐，大加干涉阻挠一样。其实，从孩子成长的角度看，大可不必如此紧张。恋爱也是一种学习，一种必要的人生体验。无论成功与否，只要年轻人能得到体验，得到学习和成长，就可尊重，就要满足他们的这种需要。

如果他们真的相爱，就应该支持，不必问结果；如果他们只是玩玩爱情，也无妨，只要不犯大错；如果他们的初恋日后有结果，那岂不更好；如果没有结果，那至少也是一个人生阶段的必要体验和学习。开明的家长应该明白这个道理。只要注意观察，因势利导即可。

只是，开明的家长并不多，古代礼教社会就更少。而孩子少年叛逆心理重，越阻挠越反抗。

特，配偶。慝，邪念，这里指变心。

姑娘已心有所属，断不会同意家里给说的亲事。她敌不过家长和社会，但有一颗至死不从的心。她下定了决心：誓死不变，只爱那位垂髫的少年。她希望母亲能体谅她，希望苍天保佑她。

她反抗的结果，是不容乐观的。但是，这种爱得投入又刚烈的少女，甚至为爱殉情的女子，从古到今从来不缺少。这是爱情的力量，也是爱情的悲哀，更是社会的悲哀。

因为是局外人，我们不要说为爱情大胆反抗甚至牺牲生命的人傻，因为人家那不是傻——只是爱得太真太投入了，那种境界只有他自己才懂。当然，我们赞许为爱情敢于斗争的行为，但不赞成殉情的行为——因为爱情不是人生的全部，我们还有更多的事情值得去做。不要因为爱情而为一个人停留，迷失了自己，失去了整个人生。

本诗表现了一个女子追求爱情自由，但苦于母命难违，于是忧愤成诗，表达自己对理想爱情的追求和忠贞不渝的感情。

《毛诗序》认为此诗"共姜自誓也。卫世子共伯早死，其妻守义，父母欲夺而嫁之，誓而弗许，故作是诗以绝之"。余冠英《诗经选》："一个少女自己找好了结婚对象，誓死不改变主意。"后说当切诗意。

姑娘心中已有人，面对包办婚姻，心里郁闷，独自泛舟消愁。母亲哪里知道，自己真正喜欢的，是那个垂髫的美少年啊。自己对他情有独钟，生死不渝。可是自己的婚事不能作主，怎不令人郁闷？

在旧时代，自由恋爱被认为是伤风败俗，婚姻要媒妁之言，父母为命，很多相爱的男女被拆散，也造成很多不幸的婚姻。也许因此，中国文艺中出现那么多惊世骇俗的才子佳人爱情故事，但这毕竟是艺术的虚构想象，好比《红楼梦》中的贾母所言，这不过体现人们对爱情的不切实际的美好理想。

事实上，从某种角度讲，媒妁之言和父母之命结成的婚姻，因为门当户对，更加客观实际，可减少夫妻间激烈的冲突和磨合，更加符合婚姻的契约精神。毕竟，父母不会伤害子女，婚姻也没有爱情那么单纯。

四章

定情信物
此身相许你

彼留之子，贻我佩玖·丘中有麻

丘中有麻，彼留子嗟。
彼留子嗟，将其来施。

丘中有麦，彼留子国。
彼留子国，将其来食。

丘中有李，彼留之子。
彼留之子，贻我佩玖。

出自《诗经·国风·王风》

彼留子嗟，那个姓留的男人，后面的子国、之子，均指这位男子。施，弯曲，这里指不紧不慢地走路。

坡上有一片麻林，那刘姓的男子啊，俊美的男子，正朝我优雅地走来。

想必，这位姑娘正在麻田采麻，她与男子约会在麻田，她看着他，远远地走来，俊美潇洒，风流倜傥。此时，她的心中荡漾着紧张、兴奋、幸福与甜蜜。眼看他一步步朝自己走来，越走越近，她的心儿定然是扑扑跳个不停……

他朝她走近的过程，就是她心里涌起无限波澜的过程：由期待，到紧张不安，再到甜蜜期待，中间接连反复的"彼留子嗟，彼留子嗟"，反映了这个心理过程，也让读者几乎听到了她的心跳。

他穿过麦田，步步走近了，我那姓留的男友啊，来，我们一起快乐地吃野餐！然后，两人深情相拥着，走到一片李子林里，爱意浓浓，甜甜蜜蜜……

我们海誓山盟，他送给我一块美玉。这分明是定情信物啊，从此，我将以身相许，此生交给他……

他们当然不只一次约会，而应该是多次。所以，他们的爱情热烈而牢固，由两情相悦到彼此以身相许。

说教为主的《毛诗序》认为，此诗是"思贤也。庄王不明，贤人放逐，国人思之而作是诗也"。方玉润《诗经原始》也谓："周衰，贤人放废，或越在他邦，或尚留本国。故互相招集，退处丘园以自乐。"朱熹《诗集传》则认为："妇人望其所与私者而不来，故疑丘中有麻之处，复有与之私而留者。今安得其施施然而来乎？'认为是一首淫奔之诗。本书从后者。

诗中描绘了一个女子与恋人定情的往事。一对恋人，相约在野外田地。帅哥优雅走来，美女幸福难掩，他们一起野餐，欢声笑语，好不惬意；浓情蜜意，好不甜蜜。情到深处，难舍难分。然后，他热烈的目光下，送她一块佩玉，情定终身，以身相许……

恋爱当然美好，约会更加吸引人，而如果是野外麦田树林的约会呢？想必更加令人向往，让人无限想象，心仪那份野性和自由。作为现代人，我们不能不承认，坐在咖啡馆里的风情约会，远没有麦田树林下的约会来得畅快：既让人兴奋紧张，又让人春心荡漾，忘我陶醉。

不过，在现如今约社会中，如果一个男人口口声声说爱你，甜言蜜语不断，任你撒娇哄你开心，但一说到结婚，就支支吾吾，左右其辞，那么，请你远离他！因为，爱一个人，不只是付出爱心，更有担当责任——爱一个人的最高境界是以身相许。

投我木桃，报之琼瑶·木瓜

投我以木瓜，报之以琼琚（jū）。
匪报也，永以为好也！

投我以木桃，报之以琼瑶。
匪报也，永以为好也！

投我以木李，报之以琼玖。
匪报也，永以为好也！

出自《诗经·国风·卫风》

琼、琚、瑶、玖，皆指美玉。

你送我木瓜，我送你美玉。不是为了回报，而是为了永结同心。

你又送我李子，我送你黑玉。不是为了回报，而是为了永结同好。

一对恋人之间，互赠定情信物，你送我木瓜、桃子、李子，我送你美玉。情定终身，以身相许。有情人终成眷属，这是爱情的最好结局。

诗歌反复强调"匪报也，永以为好也"，表明他们的爱情纯真无暇，不重物质，他们互赠礼物，送给不是讨好，回馈也不是报答，而只是互为信物，表明彼此忠贞，永结同心的美好心愿和决心。

一方送的只是兼价的木瓜、桃子、李子，而对方回馈的却是美玉。前者虽价廉，但其心可表，礼轻情义重。对方感其心，以珍贵的美玉相赠，表达着一份"你敬我一尺，我回你一丈"的珍惜与侠义。真爱是简单的，简单的如朴实的果实；真爱又是无价的，如珠宝美玉；真爱是无私侠义的，不要说愿意给心上人宝贵的礼物，就是让他为爱牺牲，也在所不惜。所以，礼物只是象征，虽高下有别，但都代表了他们纯真的爱情。后世汉代张衡《四愁诗》中有句："美人赠我金错刀，何以报之英琼瑶"，表达的也是此意。

"投我以木瓜，报之以琼琚"后来演变为成语"投木报琼"，但这个成语使用率不高。而源于《诗经·大雅·抑》之"投我以桃，报之以李"的成语"投桃报李"，则被广泛使用，比喻相互赠答，礼尚往来。前者主要指爱情，后者主要指友情。但本诗的名气，却大大高于《抑》。

他们也许是一对两小无猜的恋人，如过家家一样互赠礼物，但此行为却认真郑重，而且彼此尊重，彼此坦率地表白：我爱的不是物，而是人。由此，可见他们的爱情由来已久，互赠礼物，情定终身，是一种理所当然、水到渠成的结果。

《毛诗序》认为此诗"美齐桓公也。卫国有狄人之败，出处于漕，齐桓公救而封之，遗之车马器服焉。卫人思之，欲厚报之而作是诗也"。朱熹《诗集传》认为是"言人有赠我以微物，我当报之以重宝。而犹未足以为报也，但欲其长以为好而不忘耳。疑亦男女相赠答之辞，如静女之类"，更近诗旨。

你送我木瓜，我送你美玉。一对恋人，你送我还，纯真而无邪地情定终身，永结同好。就像枝上的桃李，鲜嫩明媚；像温润的美玉，纯洁无暇。

相信每个人心里，都珍藏着一个珍贵而美好的初恋。都说少年就是诗，而初恋，不就是这诗的旋律吗？没有爱情的青春，该是多么大的遗憾！有了爱情的青春，纵使爱无果，也是一道最美的风景。所以，趁青春，投入热情，热烈地爱一场吧！

初恋往往是没有结果的，或许因为它像那树上青涩的李子，还不成熟，难以结果；或许因为当时不懂爱情，因为梦想太多，错失了爱情。也许，爱情需要学习，初恋给了我们内心最大的触动，从此明白爱，学会爱，珍惜爱。

维士与女，赠以勺药·溱洧

溱（zhēn）与洧（wěi），方涣涣兮。

士与女，方秉蕳（jiān）兮。

女曰观乎？士曰既且。

且往观乎？

洧之外，洵讦（xū）于且乐。

维士与女，伊其相谑，

赠之以勺药。

溱与洧，浏其清矣。

士与女，殷其盈矣。

女曰观乎？士曰既且。

且往观乎？

洧之外，洵讦于且乐。

维士与女，伊其将谑，

赠之以勺药。

出自《诗经·国风·郑风》

溱洧，是郑国的两条河水，前者源于河南密县东北，向东南流，与洧水汇流为双洎（jì）河；向东流为贾鲁河。洧水，源于河南登封县阳城山。

春天来了，溱水洧水解冻了，水上涨起来了。

秉蕑，手持水边采来的香草。按当时当地的风俗，手拿兰草可被除不祥。既且，已经去过了。

有一对男女，手拿着兰花草。姑娘说：去水边看看！小伙说：去过了。姑娘说：何妨再去看看？小伙答应，于是两人来到河水边。啊，洧水边，果然是宽阔豁亮啊。于是，他们在一起，互相打闹嬉戏，互赠勺药，以表深情……

勺药，又名辛夷，样子像牡丹。古代，情人间互赠此草，以寄情怀。"芍"与"约"同音，"芍药"即"约邀"，所以勺药，对情人们有特别的象征意义。

等到河水清了，他们又相约到河边，打闹嬉戏，互赠勺药。

阳春三月，草木萌发，万长生长，春心萌动，姑娘小伙相约郊外河边游春，他们一对对戏谑调笑，互赠兰花草，春心荡漾，情难自禁，难掩激情……

农历三月三，古称上巳节，又称女儿节，其风俗是到河水游春，同时祭祀，于水边"招魂续魄，拂除不祥"（《诗三家义集疏》），同时求子，护佑全家平安。《诗经》不少恋歌在这个节日唱出，可以说，三月三是我国古代春天的情人节。

古代郑国，风俗淳厚，洒脱浪漫。这首诗，表现的正是一对男女在上巳节到河边约会的情景。

这种原始的祭祀和歌舞活动，影响深远。后世《论语》有"暮春者，春服既成，冠者五六人，童子六七人，浴乎七沂，风乎舞雩，咏而归"。王羲之《兰亭序》有"暮春之初，会于会稽山阴之兰亭，修禊事也"，后来演变为文人雅集，曲水流觞，风雅之至。杜甫《丽人行》有"三月三日天气新，长安水边多丽人"。今天，有"三月三，荠菜煮鸡蛋"的说法。"春在溪头荠菜花"，依然美丽，只是已经没有了远古的朴素浪漫了。

《毛诗序》谓此诗"刺乱也。兵革不息，男女相弃，淫风大行，莫之能救焉"。朱熹著《诗集传》谓"此诗淫奔者自叙之词"。方玉润在《诗经原始》说

"每值风日融和，良辰美景，竞相出游；以至兰勺互赠，播为美谈，男女戏谑，恬不知羞。"无论众评如何诋毁之，男女间必须有的爱情还是要发生的。

谁说古代女子矜持？在这里全然不见。后世因为有了礼教束缚，以女子端庄矜持为美，所以才刺郑卫之淫风。其实，这只是先民人性的自然流露，天真烂漫，歌我风流，何胃淫风？

视尔如荍，贻我握椒·东门之枌

东门之枌（fén），宛丘之栩。

子仲之子，婆娑其下。

穀（gǔ）旦于差（chāi），南方之原。

不绩其麻，市也婆娑。

穀旦于逝，越以鬷（zōng）迈。

视尔如荍（qiáo），贻我握椒。

出自《诗经·国风·陈风》

东门之枌，东门外有棵白榆树。栩，柞树。子仲，陈国的一个姓氏。

东门外有一棵白榆，一块平地上，长着棵柞树。噢，看那边。榆树下，有位姓子仲的姑娘，正在树下翩翩起舞……

那妙曼的舞姿，翩翩若飞，姿态万千。小伙子看呆了，不觉情思激荡，浮想联翩。倘若与她谈恋爱，该有多美好！一个"婆娑"，既代表了舞蹈之人，又让人联想到了舞者妙曼的舞姿。

……

小伙子还是蛮有办法的，很快把姑娘追到手。他们选了个好日子，一起到城南的广场上去玩。毅旦，良辰，好日子。差，选择。南方之原，到城南的平坦地方。

这天，姑娘放下手里的编织活儿，不再搓麻了，跟他一起到城南广场去。

噢。城南广场如集市，人们载歌载舞，好不热闹。大概就像今天的广场舞，古时的群众活动也十分丰富。

逝，去。愿迈，相约一起去。荍，锦葵。握，一把。

我们赶紧选个好日子，相约一起去。去南广场跳吧，心情欢乐。

姑娘又飞动舞姿，小伙子越看越爱。心中感叹：她美得就像锦葵花，真是我的意中人。看，她走近了我，还送给我一大把花椒呢！

自然，姑娘也已经爱上小伙子，所以活泼率真地走过来，送情郎一束花椒，以示爱意。

《毛诗序》认为此诗"疾乱也。幽公淫荒，风化之所行，男女弃其旧业，亟会于道路，歌舞于市井尔"。朱熹《诗集传》谓："此男女聚会歌舞、而赋其事以相乐也。"余冠英《诗经选》认为："这是男女慕悦的诗……写男女在良晨会舞于市井，反映陈国持殊的风俗。"本书从后说。

国风中之郑、卫、陈，以及齐，都有前人所指责的"淫"。但其实，这所谓的"淫"无非就是他们爱得太热情奔放，太大胆张扬了，载歌载舞，让道学家们脸红看不惯了。关于陈风，《汉书·地理志》说："太姬妇人尊贵，好祭祀用巫。故俗好巫鬼，击鼓于宛丘之上，婆娑于枌树之下。有太姬歌舞遗风。"本诗即是指男女情爱的，而且，古人的爱情往往与性和生育紧紧相连，"毅旦"同"谷旦"，或许正是他们祭祀生殖神，乞求繁衍旺盛的祭祀狂欢节日。

在祭祀生殖神那天，被古人认为是好日子，男女可自由恋爱甚至交合，载歌载舞，群舞缤纷。上巳节就是祭祀生殖神的节日。《太平寰宇记》卷七六曰："四川横县玉华池，每三月上巳有求子者，漉得石即是男，瓦即是女，自古有验。"现在，壮族、侗族等少数民族仍有此古俗遗存。宋代的《太平寰宇记》中记载有壮族的上巳节，青年男女盛装聚会，对歌数日。男女青年还互抛绣球。布依族也有类似于歌墟的跳花会，也称"鹊桥会"。黎族更是直接把三月三称为"谈爱日"，其原始的祭祀和择偶方式，在他们那里仍有所保留。

女子舞姿婀娜，真是美！我们专门选了个好日子，相约去城南广场，女子放下手中针织，我们汇入广场中青年男女的舞蹈中……情侣对对，嬉闹戏谑，有情人彼此欣赏，互赠花环……

有爱的青春才够美，青春因爱情而美丽。青春恋爱最合宜正当时。青年男女，情窦初开，互相吸引，产生爱情，是再自然不过的事情。爱情于青春不只是一幅如诗如画的风景，更是一种深刻的人生体验和学习。很难想象，没有爱情的青春，生活该是多么无趣无味。

初恋是我们心中秘藏的宝，在人生旅途中，它时不时隐现，慰藉我们的寂寞和失落……为什么初恋如此刻骨铭心，让人念念不忘？正是因了那青春的单纯真诚激情和活力，而这些此后与我们渐行渐远，直到消逝无踪，再也找不回来。怎么不珍贵？

五章

两情相悦

浪漫约会你

有女怀春，吉士诱之·野有死麕

野有死麕（jūn），白茅包之。

有女怀春，吉士诱之。

林有朴樕（sù），野有死鹿。

白茅纯束，有女如玉。

舒而脱脱（duì）兮，无感（hàn）我帨（shuì）兮。

无使尨（máng）也吠！

出自《诗经·国风·召南》

吉士，古代对男子的美称。诱，追求。

野外有只死獐子，小伙子用白茅草把它包起来，送给他心爱的姑娘。而姑娘呢？正值情窦初开，春心荡漾时。小伙子如此献殷勤，分明是要引诱追求她呀！她怎会不知道？

朴樕，小树。

树林中生长着小树，野外有只死鹿。小伙子用白茅捆起它，献给温婉如玉的姑娘。

小伙儿不断送礼物，献殷勤，搞得姑娘有些不好意思了。

尨，长毛狗。

舒而脱脱，缓慢的样子。无感我帨兮，不要摇动我的佩巾，是古代女子外出时系在腰间的拭巾。

小伙子送来礼物，情不自禁要动姑娘腰间挂的佩巾，搞得姑娘又羞又躁，急乱无措地说："你，你别急呀，别摇动我的佩巾！你看，你还把我的狗儿惹得叫起来了！"

佩巾既是古代女子用来擦拭用的手绢，也有修饰作用，它系在腰间，随着女子的婀娜身姿，温柔飘洒，更增加女人的温柔魅力。一个"感"字，即"撼"，就产生了佩巾在腰间悬挂的姿态有多美。诗中的小伙子，是想摇动一下姑娘的佩巾，挑逗一下，试探一下，然后就想着可以一揽姑娘的纤腰了吧？他想得倒美呀！这想法让他自己无法自控，所以就伸手了。

只是，姑娘可没那么乖顺哦，她失声大叫："不要这样，不要动手动脚。不要这样，把我的小狗都吓得乱叫了！"一个"无"字，姑娘调皮又娇羞，但拒绝和娇嗔之外，却分明有掩饰不住的兴奋。她也喜欢小伙子，她只是用这种方式告诉他：你不要急嘛！你吓到我了，吓到我的狗狗了！情趣盎然，跃然纸上。

女人喜欢一个男人，很少直抒胸臆，直接表白，而总是委婉甚至正话反说。聪明的男人能听出话外之音，而愚笨的直肠子男人，则难免要为此煞费脑筋了，搞不明白，所以总说：女孩的心事真难猜！情商之高如贾宝玉者，面对总是尖酸又总是正话反说的林黛玉，总是思忖半天，才能悟得其真意，更何况一般的男人呢？

但诗中的这个小伙，是聪明伶俐的，他之所以对姑娘动手动脚，是因为他知道姑娘也喜欢自己，他明白"一追求，二挑逗，三到手"的道理。

《毛诗序》认为此诗"恶无礼也。天下大乱，强暴相陵，遂成淫风。被文王之化，虽当乱世，犹恶无礼也"。朱熹《诗集传》谓："南国被文王之化，女子有贞洁自守，不为强暴所污者。"今天的读者看来，这不过是一首再正常不过的爱情诗。

一对情窦初开的少男少女，在野外约会。一对玉人，彼此倾心，两情相悦，嬉笑嫣然，好不欢喜。初恋在两颗心中萌芽，那么芬芳美丽。

小伙英武挺拔，送给姑娘自己打来的猎物，殷勤备至。姑娘含羞笑纳。姑娘美丽如花，温婉如玉，小伙越看越喜欢，忍不住去拉她的裙子，姑娘又羞又臊，紧张地躲开，身边狗儿跟着叫，姑娘情急嗔怪：别这样，你别急呀，看把我狗儿也吓到！好生动可爱的画面！

每个人心中都供着一座初恋丰碑。或许它没有结果，如青涩的果子，但因其纯真无邪，超脱世俗，所以刻骨铭心，永远芬芳圣洁。

爱而不见，搔首踟蹰·静女

静女其姝，俟我于城隅。
爱而不见，搔首踟蹰。

静女其娈，贻我彤管。
彤管有炜，说怿（yuè yì）女美。

自牧归荑，洵美且异。
匪女之为美，美人之贻。

出自《诗经·国风·邶风》

爱，同"薆"，隐藏。

有位娴静的美女，与我约好她在城墙一角等我。可是我到了，她却调皮地藏而不见，直惹得我抓耳挠腮，情急徘徊，心焦不安。

女子应该早已到了约会地点，但故意藏而不露。她是想故意刁难他一下，看看他为自己着急的样子。呵呵。表面娴静的女子，其实也很调皮可爱。

女孩子面对男友，总想任性一下，调皮一下，撒娇一下，甚至有时故意不讲理，找男友的麻烦。为什么？这是女人的天性——她这么做的目的，不过是想让男友更宠爱她。

彤管，红管草。炜，红色光彩。说怿，喜悦。女，同"汝"。

她终于出来了，还是那么温婉娴静。然后，她送他一根红管草，红彤彤的，闪闪发光。他深深地注视她，越看越美，百看不厌。想到能拥有这么一位女神的垂青，他内心里美滋滋的，爱情的琼浆玉液让他幸福得有些晕眩了……

归，馈赠。自牧归荑，从郊外回来，送我芍药草。

芍药草异常美丽。其实，不是荑草有多美，而是因为是美人送的。估计这荑草，是她刚从郊野亲手采摘而来的。如此深情，怎不令他感动？花美，人更美，人与花共美，他们两两相视，幸福比花还要美。后世南朝宋陆凯的《赠范晔》有句"江南无所有，聊赠一枝春"，应源于此诗。

在他的眼里，她是娴静温婉的，但在爱情上，她却是热烈大胆的，她与男友大胆约会，调皮捉弄他；送男友礼物，明艳如她本人。有这样一位女子喜欢自己，男友怎么能不感到幸福呢？

前人以为此诗乃淫奔之作，讽刺女人失分丢德。《毛诗序》认为此诗刺"卫君无道，夫人无德"。朱熹《诗集传》也认为"此淫奔期会之诗也"。顾颉刚《古史辨》则认为"这是一首情歌"。本书从后说。

那个娴静温婉的美丽女子，是他的心上人，她约他在城角见，但故意藏而不出，撩拨得他心旌摇荡，不知所措，徘徊瞻顾……调皮可爱的女子，兴奋苦等的痴男，好生动的约会画面！爱情的美，首先愉悦于一份人性美，然后才是情动于中。

那个娴静的美女，送他红管草，送他白茅花，让他心里好喜欢。不是彤管白茅美，而是因为她送的。两情相悦初定情，两心从此灵犀通。

谁说女人不能倒追男人？面对爱情，女人也难以矜持，更没必要扭捏。相反，一个大方追求自己爱情，争取个人幸福的女人，恰恰是最有主意和自信，最有个性的可爱女人。

不见子充，乃见狡童·山有扶苏

山有扶苏，隰有荷华。

不见子都，乃见狂且。

山有桥松，隰有游龙。

不见子充，乃见狡童。

出自《诗经·国风·郑风》

扶苏，一种灌木。隰：低洼湿地。子都，古代指美男子，这里指恋人。下面的"子充"，同义。狂且，狂徒。

山上有扶苏，河边湿地有荷花。不见我那美男子，却看到你这个小狂徒！

这是一个夏天，山上郁郁葱葱，水中荷花亭亭。一对恋人，在这里的山水间约会，女人看到男友，心中应该高兴，但嘴上却对着他嗔骂："我的美男子呢？怎么是你这个小狂徒！"

正话偏要反着说，喜欢偏要说讨厌，这是女人在恋爱中的惯常表现，所谓"打是情，骂是肖"也。她嘴上虽然骂着，但心里却充满见到男友的兴奋和喜悦，她想掩饰也掩饰不住，男友怎不明白呢？此时，真正狂妄的其实是她，而她的可爱，她对男友的喜爱，也一览无余。

再想想，她为什么这么狂妄任性？不就是男友爱她，把她宠成这样吗？

桥，通"乔"。游龙，即游茏，枝叶舒展的水荭草。

山上有高大的松树，水边长着水荭草。不见我那美男子，却见到你这坏小子！

姑娘个性泼辣热情，不是一个扭捏娇羞的女子。每每约会，总要戏谑一番男友。如此活泼的逗乐，也让约会陡生情趣。她这么做，一来出于个性，二来也是想树立自己在男友心中的"权威"形象吧，暗示他：你可别得意，小心我甩了你！

其实，在她眼里，男友分明是个美男子，但她嘴上却挑逗他说是"坏小子"、"小狂徒"，看似粗鄙的称呼，其实是她对男友的昵称。揶揄的背后，分明是在告诉男友：我就喜欢你！在情趣之乐中，可见她见到男友的激动与喜悦，更见她对他的深情。

《毛诗序》"刺忽也。所美非美然"，意思是所赞美的人其实并非美人。朱熹《诗序辩说》"男女戏谑之辞"。余冠英《诗经选》谓"这诗写一个女子对爱人的俏骂"。后说当切诗旨。

恋人间的幸福，不只是柔情似水，卿卿我我，你侬我侬，更有嬉笑戏谑，调情打闹，打情骂俏。前者甜蜜温馨，如阳春白雪，才子佳人；后者快乐兴奋，有里俗偕趣，如可爱下里巴人。形式大不同，但却有一样的幸福。

也许，有个人，一直爱着你，只是你没察觉——他在用自己的方式爱着你，等你去发现。每对恋人，由于个性和情趣，都有适合他们自己的表达爱的方式。或许可以这么说，两个人走到一起，不只是因为喜欢，还有对彼此表达爱的方式的认同和默契，他（她）爱我的方式，让我很受用，所以，我选择了他。

萚兮伯兮，倡予和女·萚兮

萚（tuò）兮萚兮　风其吹女。

叔兮伯兮，倡，亖和女（rǔ）！

萚兮萚兮，风其漂女。

叔兮伯兮，倡，予要（yāo）女！

出自《诗经·国风·郑风》

萚兮，掉落。秋天到了，树叶纷纷落。是风呀，把它们纷纷吹下。哥哥，唱吧！让我们一起来对歌！

看秋风扫落叶，怎不让人生伤感？四季轮转，又一秋。岁月如流，转瞬即逝。草木一秋，人生如梦。但是，人生毕竟不是梦——因为还有梦，还有爱情。梦是美，爱情更美。女子抹去心头的伤感，热情地招呼男友：来，让我们一起把歌唱！多么热爱生活的姑娘啊！有此热情，生活必然充满激情，力量无限。

树叶纷飞，风儿吹来，它们飘然而下。哥哥，来，我与你一起对歌唱！

一个"漂"字，即"飘"，落叶的形态毕现，亦如同人触景伤情，陡然而生的复杂伤感、抑或落寞。淡淡的忧伤中，又感动于这金黄而丰硕的饱满和美丽。所谓"绚丽至极，归于平淡"，人生的过程，不就如四季的轮转吗？春华秋实，倘若这个过程是充实的，那么结果也必然是丰实饱满的，如同秋天的收获。只要你一直真诚而饱满地活着，那么就不会伤秋。

或许一切不那么尽如人意，但至少，心中梦未泯，爱不死。

还有，我们至少还有爱情。姑娘完全沉浸爱情的幸福中，不为落叶之秋所伤。她热情阳光，如同秋天爽朗的天空和绚丽的色彩——只要有爱情在，女人的天空永远都是晴天丽日，永远阳光。

他的男友真幸福——有她这么一位单纯、热情、开朗的女友。没有忧伤，或者拒绝忧伤，永远乐观并快乐着，永远热情向上。他们一唱一和，热情奔放，比翼齐飞，必然会创造出美好的生活。

诗很简约，但很单纯，很美。单纯得就像诗中的女子，美得就像秋天的风景。

后世楚辞《九歌·湘夫人》中有"嫋嫋兮秋风，洞庭波兮木叶下"，王勃《山中》有"况属高风晚，山山黄叶飞"之句，等等，都是受此诗影响，诗中对岁月流逝的伤感，以及寂寞中对爱情的呼唤，是人类普遍的感情，亘古而常新，不同的只是表达形式而已。

《毛诗序》认为此诗是"刺君弱臣强，不倡而和也"。近人余冠英《诗经选》认为"这是写女子要求爱人同歌"，较为合理。

秋风来，叶儿落。明黄秋色，绚烂明丽，激起女子心中的浪漫诗情，她热烈地对恋人说：哥哥呀，让我们一起歌唱吧！与你相携同行，共渡美好人生。

恋爱中的人儿，心是柔软的，充满了诗情画意。而在明黄金秋色的约会，蓝天白云，红色黄纷飞，更给爱情添上浓墨重彩的一笔：绚丽、热烈、浪漫。如此光景，谁不动情？什么也不想，只管陶醉在这爱与美中，情难自禁地载歌载舞……

爱一个人，有幸福也有纠结。幸福时充满喜悦，纠结时痛苦难熬。可为什么要坚持爱呢？我想，还是因为这爱里有更多的喜悦——他（她）能让我开心，只有他有这个能力；他懂我，让我感觉到自己的存在；他无可替代，想他时会不自觉地笑出声来，不见时想得心发慌。于是，一颗心心甘情愿被俘虏。

有美一人，邂逅相遇·野有蔓草

野有蔓草，零露溥（tuán）兮。

有美一人，清扬婉兮。

邂逅相遇，适我愿兮。

野有蔓草，零露瀼瀼（ráng）。

有美一人，婉如清扬。

邂逅相遇，与子偕臧。

出自《诗经·国风·郑风》

溥，露水多。野外长满青草，草上露珠莹莹，垂垂欲滴。可见，这是一个早上。

小伙子看到一位美女，长得眉清目秀，顾盼生辉，妩媚温婉。他没想到竟能与她不期而遇，真是意外的惊喜啊——正合他心意。

他应该早就对她心有倾慕，只是苦于一时难以相见。而她，天生丽质，尤其那一双会说话的流波瞳子，让人难忘。不想，他竟然在这个露水冷冷、清新美丽的早上与她邂逅。这不是天遂人愿吗？

野外青草遍地长，葳蕤茂密，露水冷冷，晶莹剔透。小伙子看着自己的心上人，心中情不自禁地赞美：我的美人，眼含春波，清丽如露珠，温婉动人。

我与她邂逅相遇。然后，他们相依相偎，携手隐入芳林深处……

四目相对的同时，已是心有灵犀，矜持伴着甜蜜，激情伴着缱绻……此情此景，彼此融化，如此美妙。只愿时间停止，永远体验这爱的甜蜜幸福。

犹如牧歌，很唯美的一幅画卷，给人无尽的想象。清晨、露珠，如他们纯洁无暇的爱情，亦如娇滴滴的美女。而蔓生的野草，犹如小伙子丝丝不断的思念，铺垫后来不期而遇带给他的惊喜，亦如他们丝丝入扣、割舍不断的深厚情感。

"清扬婉兮"、"婉如清扬"，人的美，最美在眼睛，它是心灵的窗户。《诗经·硕人》中也有"巧笑倩兮，美目盼兮"，同样赞美美女的眼睛。眼睛传递人之精神，也是诗之"点睛"之笔。有此两句，就足以写活人物了。我们可以想见，当他和她邂逅相遇时，看些带着欣赏和深情凝视，由眼睛看到心里，一瞬间心灵默契，无需语言沟通，此刻无声胜有声。于是，爱情那摄人心魄的美也迅速传遍全身……

一句"清扬婉兮"、"婉如清扬"，就把男女邂逅之美描摹殆尽。后世有唐代崔护《题都城南庄》，也写"邂逅相遇"，有诗句"人面不知何处去，桃花依旧笑春风"，写的是一见钟情，但后来无缘再遇的遗憾，表达深沉的怅惘。

《毛诗序》谓"男女失时，思不期而会焉"。朱熹《诗集传》说："男女相遇于田野草蔓之间，故赋其所在以起兴……言各得其所欲也。"余冠英《诗经选》认为："这首诗写于大清早上，草露未干，田野间一对情人相遇，欢喜之情，发于歌唱。"此说近情理。

蔓草萋萋，露水泠泠。与心上人不期而遇。她眼含秋水，眉山如黛，出水芙蓉，清丽脱俗，妩媚婉转，袅娜多姿……如此心上人，今日得遇，正遂心愿，正好共度好好时光！

男女间的相遇，本是一种缘分，没有道理，不能预设，不由自己。这是爱情的美妙之所在。而最美的相遇，莫过于不期而遇的邂逅，一见倾心，从此难舍难分。

　　芸芸众生，凭什么你们俩个走到一起？岂非缘分？都说百年修得同船渡，如果真爱，那么请珍惜这修来的缘分。

　　爱既然是一种感觉，不会自欺欺人，没有矫情假装；不会有爱的错误，只可能有错爱。但只要有真爱，错了又如何？人生总要燃烧自己一次。

既见君子，云胡不喜·风雨

风雨凄凄，鸡喓喈喈（jiē），
既见君子。云胡不夷？

风雨潇潇，鸡鸣胶胶。
既见君子，云胡不瘳（chōu）？

风雨如晦，鸡鸣不已。
既见君子，云胡不喜？

出自《诗经·国风·郑风》

风雨交加，心凄凄，鸡喈喈而鸣叫。又一天到来了，她的心上人还没来，看着窗外的风雨，她不觉黯然神伤。同时担心他，在这风雨晦暗的日子，一个人出行在外，该有多么辛苦啊！不知他能否照顾好自己……

正伤感时，他出现了！如同天降。"既见君子"，看到他，喜出望外，心上也陡然恢复踏实宁静。他是他的心上人，不见他，心不安；见到他，心才安。她对他一往情深，时刻挂念，他是她心里的一块肉，心里时刻系着他的安危，呼唤着他的归来。

瘳，病好，病痊愈。

他不在的日子里，思念就是她生活的一部分，甚至可以说就是她的一种生活方式。尤其在风雨交加的早上，每每听到风雨声，萧瑟浸入心扉，牵念他，自怜孤寂；每每清晨，听到胶胶鸡叫声，就触景伤情，岁月流逝，自己独守空房，他久久不见回归，怎不令人心伤？久久相思，相思成病。心上人啊，你快些回来，否则这我这心病怎么能够好？

想必，他出外很久，久不回来了，以致她相思成病。

好在，他终于回来了，突然出现，还给了她一个惊喜，真令人高兴啊！她所有的心病瞬间化为乌有！

她对他，有多么爱，有多么依赖，有多少深情，一句"既见君子，云胡不喜"，全给出了答案。

久别重逢，会让人幸福得流出了眼泪。

对于此诗，《毛诗序》认为此诗是"思君子也。乱世则思君子"。陈子展《诗经直解》认为是"怀人之诗。诗人于风雨之夜，怀念君子，既而见之，喜极而作"。朱熹《诗集传》则认为是"淫奔之女言当此之时、见其所期之人而心悦也"。后说虽是贬低，倒承认这是一首男女久别重逢的爱情诗。

不见他时，风雨交加，如泣如泪，天地如晦，心凄然；见到他，既解相思之渴，心中宁静安然，满是欢喜。

热恋的人眼里，世界只有他们俩个，没他（她）时，天地黯然无光，有他（她）在，眼前充满阳光。陷入情网的人，不能自拔，相思成病，无可救药，唯有相见是解药。

《诗经》里，常以鸡叫声，暗喻男女间的思念。为什么呢？大概听到鸡叫，就想到了心上人，抑或是鸡叫了，又是一天开始了，喻分别已久，相思之心切。

好女人是这样：当她心里没你时，给你一种神秘而清高的距离感，使你难以接近；而她爱上你时，没了公主的高傲，反而如大山一样仰视你，心甘情愿做你的小女人，对你不离不弃。

昏以为期，明星煌煌·东门之杨

东门之杨，其叶牂牂（zāng）。

昏以为期，明星煌煌。

东门之杨，其叶肺肺（pèi）。

昏以为期，明星晢晢（zhé）。

出自《诗经·国风·陈风》

明星，古代专指启明星，它在黄昏时隐于西天，到次日黎明时现于东方。

东门外有棵白杨树，风吹树叶哗哗响。我的女神啊，你约我在黄昏见。可是，你在哪里呢？我一直等啊等，彻夜等，直到次日天明，启明星现东方。

"月上柳梢头，人约黄昏后"，恋人间的约会，总喜欢在朦胧的黄昏，大概因为黄昏若隐若现的朦胧气色，与爱情的暧昧和美好相契吧。

小伙子很是朴实憨厚，他在黄昏前如约而至。他站在树下，听着风吹树叶哗哗响，如同他此刻欢快跳跃的心儿，心中荡漾着无限的期盼和喜悦……

可是，他等了一夜，直到第二天启明星出现在东方，也没等到他的心上人，心中原有激动，也化生出了焦灼和惆怅了。

此时，小伙子一定会在心上叫苦：姑娘啊，你怎么还不来？是有什么事情牵绊住了你吗？还是你在玩我？

是啊，连我们都看得着急，也想知道，姑娘啊，你约了人家，怎么不守约，不要玩人家啊！还是你故意捉弄试探一下他，是否真爱你？

小伙子不甘心哪，他等啊等，从黄昏，一直等到次日启明星出现。树叶肺肺响，一夜未停，原来他听上这响声像音乐，此刻却如同噪音，让他的心更烦乱。东方的明星亮闪闪，明星啊，你的眼睛亮，快快告诉我，姑娘在何方？明星啊，你眨呀眨，是不是在笑我自作多情？

或许，因为某种原因，姑娘不能如约而至；或许，她只是想调皮地捉弄一下他。无论怎样，这位约会恋人空等了一夜的小伙子，他的失落和惆怅，不仅充满整个夜空，也传染到我们的心里了……

《毛诗序》刺"昏姻失时，男女多违，亲迎女犹有不至者也"。朱熹《诗集传》认为"此亦男女期会而有负约不至者，故因其所见以起兴也"。本书从后者。

日头西下，黄昏近，男子如约来到东门树下，恋人将至，心里跳跃着期待、激动与甜蜜。可是，直等到月上树梢，启明星再现，姑娘迟迟未到。他徘徊瞻望，焦躁不安，孤闷惆怅，心上人啊，快快来……

寂寞，就是心里一直在等待一个人的出现；无聊，就是生命缺乏鲜活的血液。寂寞无聊时，心里最需要爱情。爱情，是抚慰寂寞的灵丹妙药，让心灵有伴，不再孤单；爱情，是滋润心田的琼浆玉液，让干渴的心灵复苏，获得新生的力量。所以，爱是生命，有爱的生命才有阳光。

因为爱你，我自私的生活，犹如接受了伟大的教育，在对你的思念中少了自私，多了自信，增了魅力，心里充满憧憬和力量；因为有你的爱，我黯淡的生活，犹如获得了阳光雨露的宠爱与惠泽，心里充满阳光和甜蜜。相爱的心，如飞翩翩，自由快乐。

期我桑中，要我上宫·桑中

爰采唐矣？沫之乡矣。
云谁之思？美孟姜矣。
期我乎桑中，要我乎上宫，
送我乎淇之上矣。

爰采麦矣？沫之北矣。
云谁之思？美孟弋矣。
期我乎桑中，要我乎上宫，
送我乎淇之上矣。

爰采葑（fēng）矣？沫之东矣。
云谁之思？美孟庸矣。
期我乎桑中，要我乎上宫，
送我乎淇之上矣。

出自《诗经·国风·鄘风》

桑树林中，不禁让人浮想联翩，那里，幽静晦暗，会发生什么故事呢？
原来，这里有着美好甜蜜的约会，美好的回忆：到哪儿采女萝？最好到牧野。姜家的大女儿，她邀约我到这儿来，我们在祠堂一会。

孟姜，姜家的大女儿。姜、弋、庸，都是贵族姓，这里指同一个姑娘。

女子出身贵族。她那袅娜的身姿，美丽的容颜，真让人过目不忘。回来后我思绪万千，百无聊赖，心中思念谁？不就是这位姑娘吗？噢，忘不了那天的欢会，我们在祠堂，多么欢娱！

……

然后，她深情款款，淇水边上将我送，依依不舍，浓情蜜意。

回来后，我情难自禁把她想。

到哪儿采麦苗？采芜菁？就到牧野那边，无论北边还是东边。那里有他思念的美人——姜家的大姑娘。她约我在祠堂，我们欢乐相会，然后她又送我在淇水边……

或许，这对恋人，只一次约会，就令他刻骨铭心；或许，他们多次约会，让他欲罢不能，情难自已。与一位美丽、大胆又热情的贵族美女约会，哪个男人不乐意？就像现在的单身男想追求白富美，谁不愿意呢？

采女萝、采麦苗、采芜菁，看来这是个春季，鲜草美嫩，万物生长，郁郁葱葱，催人发春心，这样的起兴，也意蕴丰富，让人生联想。而一个"桑中"，一个"上宫"，让人生出遐想。这隐晦的字里行间，似乎隐约告诉我们，这个约会，有情感上的，更意隐着一对青年男女热烈身体的交合欢会。

正因为约会太美，所以让他不断回忆，在回忆中回味当初的甘甜……

或许正因为此，总回避男女之情的前辈道学家们，总以此诗为"淫乱"之诗。

《毛诗序》认为刺"卫之公室淫乱，男女相奔，至于世族在位，相窃妻妾，期于幽远，政散民流，而不可止"。朱熹《诗集传》也说："卫俗淫乱，世族在位，相窃妻妾。故此人自言，将采唐於抹，而与其所思之人，相期会迎送如此也。"

这里的"沬"，指卫国的邑名，即牧野，在今河南淇县北。后世经常说"郑卫之风"，多指比比男女风流淫乱成风。但文化学者却指出，上古时人们崇拜并奉祀农神和生殖神，以为男女交合可促进万物生长，所以在许多祠堂的祭祀活动中，都有男女集合欢会的事情。而当年的郑国和卫国，对此遗俗多有保留，大凡在仲春、夏祭、秋祭之际，就有男女合欢。所以，这不能简单地认为是"淫乱"行为，而应理解为古代风俗的孑遗。这是文化人类学的解释，也算中肯。

爱欲本是人之本性之一，所谓"食色，性也"，把爱情打上道德的标签，未免自欺。正当的爱情，必然是灵与性的水乳交融，没有爱，则性不深；没有性，则爱不浓。唯有身心灵的结合，才是爱的至高境界。

这首给人无限想象的爱情诗，可以说它最接近爱情的本质。一个男子回忆他与恋人在桑林祠堂的欢会，甜美浪漫，相思如水，佳期如梦，诗中既有诗意，又隐晦表达了男女的交欢之乐。尽管在道学家眼里，这首诗格调不够高，但爱情不就是这样吗？

而且，本诗一反情诗中女人为主角的惯例，表现一位男子在爱情中的细腻遐思，别有情趣。都说女儿细腻多，热恋中的男儿也柔情；都说女儿爱犯傻，庸人自扰多相思，热恋中的男儿也爱自问自答，孤独相思，为伊憔悴。这时，他不是个大男人，他宁愿心甘情愿地被她牵着，尽情享受并细细品味爱情的甜美……

青春本是诗，而爱情是这首诗的灵魂。那傻傻的、痴狂的、浪漫的的爱情，是青春最美最靓的风景，唯其如此，青春才显得如此动人难忘。

彼姝者子，在我室兮·东方之日

东方之日兮，

彼姝者子，在我室兮。

在我室兮，履我即兮。

东方之月兮，

彼姝者子，在我闼兮。

在我闼兮，履我发兮。

出自《诗经·国风·齐风》

履，轻踩，这里指促膝而坐。古人是不坐椅子的，总是席地而坐。即，相就，亲近。

东方日出了，那位美女，来到我房间。来到我房间啊，我们两个相亲近……

这是一个男子对约会的美好回忆。那天，她与他促膝而坐，互相依偎，那么美好温馨，让他铭记难忘，时常甜蜜地回味。

两个人的恋情已到心领神会地步，否则女子不会这么主动、自然、大方地来到男方的室内，接下来想必是如胶似漆，干柴烈火了。对于相爱的两个人，这样的发展再正常不过。

女子如此主动，在男方看来并不觉得失体统，而是觉得可爱，因为爱她，所以哪一个主动都是彼此默契，心灵互通的。而且，男人还为此相当自豪，反复咏叹"在我室兮，在我室兮"，自豪中充溢着甜蜜的回味。

闼，门内，亦指房间里。发，通"脚"，指亲近。

东方月亮出来了，那位美女，来到我房里。知道吗？她来到我房间呀！我们相依诉衷情，窗前月下，花好月圆。

男子的回忆不断深化，由白天到晚上，他们在一起，真可谓日夜不分离……

他们经常约会，曾经那么热烈地恋着，太阳出来又落下，月亮出来红日出。可见他们在一起是多么幸福，难舍难分。

男子反复咏叹'来我闼兮，来我阁兮"，情不自禁地流露幸福感，并为此感到极大的自豪和满足。或许，这幸福对他来说，仿佛从天而降，来得那么容易，又这么热烈、甜蜜，几乎让人晕眩了……所以情难自禁，忘情地感叹。

这里的日月，也喻指女子的美貌。《毛诗传·笺通释》说："古人言颜色之美，多取譬如日月。"后世宋玉《神女赋》形容美女"其始来也，耀乎若白日初出照屋梁；其少进也，皎若明月舒其光。"曹植《洛神赋》中写洛神"仿佛兮若轻云之蔽月"，而远处望之，则"皎若太阳升朝霞"，都源自本诗。

前人以此诗为"淫奔"之诗，《毛诗序》谓此诗"刺衰也。君臣之道，男女淫奔，不能以礼化也。"朱熹《诗集传》谓"此男女淫奔者所自序作，非有刺也"。其实这写的不过是男女间正常的爱情，只不过是写得大胆了些而已，古代的道德家们就不高兴了。

东方日出，东方月出了，她就在的屋里，我们并肩而坐，促膝谈心，卿卿我我，耳鬓厮磨……人生能得几回醉？如此美好时光，怎不叫人回忆？

通常以为面对爱情，女人显得更加留恋多情，更多回忆痴想。而事实上，男人同样多情：他们也会在月夜相思，也会在思念中回忆，也会在回忆中浮想联翩，心旌摇荡。只不过，他们不大说给女人听，或者即便说也是粗线条的——因为有一颗大男人的自尊在，他们所以不会表现给女人他细腻的一面。

　　或许有人说，男人终是动物性的，他思念心上人时，想的更多的是她的美貌，以及两人亲昵的情形。而事实上，女人又何尝不是？爱，与性本来就是连在一起的，又何必讳言？

六章

我要嫁给你
车马快来

汉之广矣，之子于归·汉广

南有乔木，不可休思。

汉有游女，不可求思。

汉之广矣，不可泳思。

江之永矣，不可方思。

翘翘错薪，言刈其楚。

之子于归，言秣（mò）其马。

汉之广矣，不可泳思。

江之永矣，不可方思。

翘翘错薪，言刈其蒌（lóu）。

之子于归。言秣其驹。

汉之广矣，不可泳思。

江之永矣，不可方思。

出自《诗经·国风·周南》

河水宽广，引人思想。男子在汉水边思念恋人，想迎娶她回家，但又苦于河水宽广不得渡，为此烦恼，唯有感叹"汉广、汉广"了。题中带意，着实妙绝。

方，同"舫"，小舟。

南山上的树高高，树下少荫不可歇。汉水边游玩的那位女子啊，我多想追求你！但汉水宽广，我游不过去。长江水长，小舟难渡。我该怎么办？

对岸那女子天真烂漫，热情奔放，男子对他一见钟情，思情悠悠如流水，可汉水宽广，江水悠长，游难过，船难行，只能望洋兴叹，美女在前，只能远观而不能近前，你说着急不着急？

楚，荆条。秣，喂马草。

高高杂草作柴薪，先割掉荆条。姑娘就要嫁人了，有人匆忙去喂她的马了。汉水好宽广难游去，长江水长舟难行。

蒌，生在水边的蒌蒿。

高高杂草作柴薪，先割掉蒌蒿。姑娘就要出嫁了，有人匆忙去喂她的马了。汉水宽广难游去，长江水长舟难行。

从南山上下来，来到汉水边，又割荆条蒿草，又砍柴薪，可见这男子是位樵夫。樵夫也有恋爱的需求，他看到美女同样会动心，干活儿时看到美女也会走神儿。他心里美美想：倘然娶了这美人儿，该有多幸福！不要说这是他的一厢情愿，人家姑娘说不定都没看见他！但这并不影响他独自在水边痴想。只是，就算人家姑娘乐意，可这宽广的汉水，游渡皆不能，可如何是好？他徒有空自感叹：汉广啊，汉广……

那么，他最终能追到手吗？是否如愿得尝？诗中虽未表明，但开篇第二句"汉有游女，不可求思"，似乎就点明了他的这些追求不过是一厢情愿的痴想、幻想罢了。

从一见钟情，到希望、幻想，到最后的失望，只剩下感叹，由喜到忧，这个心理过程已足够让人痛苦。不要说汉水宽广难游渡，就是行动了，估计他也难如愿。诗歌给人的悲凉基调，似乎就告诉了我们这个结果。

《毛诗序》认为此诗"德广所及也。文王之道被于南国，美化行乎江汉之域，无思犯礼，求而不可得也"。郑玄《笺》谓"纣时淫风遍于天下，维江汉之域受文王之教化”，是说周文王德化所及，遏止了淫欲之思，故以汉广为题。方玉润《诗经原始》谓“近世楚、粤、滇、黔间，樵子入山，多唱山讴，响应林谷。盖劳者善歌，所以忘劳耳。其词大抵男女相赠答，私心爱慕之情……文在雅俗之间，而章节则自然天籁也。当其佳处，往往入神，有学士大夫所不能及者”，认为是情诗，认为其风流天然，非一般大丈夫所能作。

爱情对人最大的折磨，莫过于思念。心中那个花儿一样的女子，看不到，难厮守，中间隔着一条汤汤河水。于是，思念也如河水，悠悠长长，绵绵不断，流向河的对岸。

空间的距离，让思念饱受折磨，加深了爱情的痛苦。如果彼此不能心有灵犀，空间的距离往往会拉大心的距离，让爱情的路走得更加艰难。

爱情的伟大在于付出，客观阻断不了思念；爱情的甜美在于心灵的净化。只要有爱，其实不妨这么耽耽于思念之中。很美。

求我庶士，迨其吉兮·摽有梅

摽（biào）有梅，其实七兮。

求我庶士，迨（děi）其吉兮。

摽有梅，其实三兮。

求我庶士，迨其今兮。

摽有梅，顷筐塈（jì）之。

求我庶士，迨其谓之。

出自《诗经·国风·召南》

摽有梅，梅子落了。梅子纷纷落地，树上剩下七成了。追求我的小伙子，吉时还未到。

暮春时节，梅子黄熟，纷纷掉落，正待人采摘时。怀春的女子，看到梅子落，不免惜春伤感，生了恨嫁心：自己另一半在哪里呢？自己正像这黄熟的梅子，急待有人接！心中呼唤小伙子们来追求自己。庶，众从，表示这个姑娘还没有心上人。

时光荏苒，你看那梅子，又熟一层，纷纷掉落，树上只剩下三成了，此时，那个追求我的小伙子，今天差不多了，你该来了！

墬，拾取。

很快，梅子熟透了，被人们装满筐。那个追求我的小伙子，快来呀，快快把我娶回家，现在最合适！

果实由黄熟到掉落，时光催人老，姑娘一遍遍地提醒"庶士"：吉时要到了，就在今天，就现在吧！步步逼进，节奏急促，可见恨嫁之心简直是迫不及待了。龚橙《诗本义》说："《摽有梅》，急婿也。"全篇突显出一个"急"字，成为本诗的基调。

女人的青春，恰似春天，很是短暂。韶华易逝，易伤春。女人易老，当及时嫁人。本诗可说是思春求爱诗之始祖，后世《金缕曲》中有诗句"花枝堪折直须折，莫待无花空折枝"，《红楼梦》中林黛玉叹惜之"花谢花飞飞满天"之诗句，与本诗意旨相仿，表达惜春之情。

《毛诗序》谓："男女及时也，召南之国，被文王之化，男女得以及时也。"朱熹《诗集传》谓此诗"南国被文王之化，女子知以贞信自守，惧其嫁不及时"，强调教化功能。其实，这不过是一首发自本性的爱情诗。

梅子一天天长大，姑娘的恨嫁心也与日增长。她呼唤：我像一颗梅子，要成熟了。心上人，快来吧，把我收在筐，娶回家。

爱情也讲天时地利人和，有缘分走到一起的，就是在合适的时候遇到合适的人。否则，再美的爱情也不过如青涩的梅子，不成熟，终不能结果。

芸芸众生，为什么你和他走到一起？缘分妙不可言，说天意也未尝不可。当我们找到爱情时就发现：自己找遍世界，原来寻找的正是他（她）。这缘分是什么？没道理可言，若说道理就是两情相悦，彼此离不开；离不开，于是一起共度人生。人常说：百年修来同船渡，这缘分，不容易，当珍惜。

世间很多爱情，爱得深爱得真爱得惊世骇俗，但却往往无果。何故？也许因为失了爱的分寸，过了度。爱既是一种感觉，就不可能永驻。爱得强烈去得也迅急。感觉的落差太大，让美打了折扣，爱的生命力很快消亡。所以，细水长流的爱情更值得珍惜和拥有。然而，我们却难拒也难忘那份曾经的强烈感觉。也许这正是爱情的魅力和悖论所在。

　　青春是生长的，但也是让人躁动不安的。爱情对青春的折磨最盛，血气方刚的青年男女，胸中都燃烧着热烈的感情之火，等待一场绝美的爱情把自己的激情点燃。本诗中活现出一位情急而大胆求爱的姑娘，煞是可爱。人生能有几回春？尤其在青春时，有爱，就大胆地去追求吧，让自己热烈地燃烧一次，方不枉此生。

子不我思，岂无他人·褰裳

子惠思我，褰（qiān）裳涉溱。

子不我思，岂无他人？

狂童之狂也且（jū）！

子惠思我，褰裳涉洧。

子不我思，岂无他士？

狂童之狂也且！

出自《诗经·国风·郑风》

褰裳涉溱：提着衣服蹚水过溱河。

你若爱我，就蹚过溱河来。你若不爱我，难道就没别人吗？你个小狂徒！

姑娘心里思念心上人，想见到他，想嫁给他，心说：你若心中有我，就赶快过河来找我！你别给我端着款儿。你不来，难道就没别人吗？你要再不来，就没有机会了……心里热烈盼望心上人出现，却又怕他不来，所以"威吓"他一下，一句"岂无他人"，嗔怪中流露出亲昵和渴望嫁给情人的急切之情。

她在思念中等待，等得焦躁，焦躁中又生疑虑，生怕情人不在乎自己，但又表现出无所谓的样子，给他最后通牒：再不来，就有别人来了！快人快语，还带有几分狡黠，坦率可爱。热烈之中又有嗔怪，怪他不来找自己；热烈中有切盼，盼望他来迎娶自己，怪他不着急。

一天天成为过去，却还不见恋人来，姑娘心上不停呼唤不停嗔怪：要爱我，赶快涉过洧水来。否则，自有他人来。你这个呆愣的小狂徒呀，怎么还不快快来！

召唤如此热烈，恨嫁之心如此急切，呼之欲出。

虽然表现得不在乎，虽然有要挟，但她其实心里只有他，一个"狂童"，嗔骂中满含的是对他的欣赏和痴情。

前人认为本诗是作者狂童放纵，思大国正风气，如《毛诗序》谓"思见正也。狂童恣行，国人思大国之正己也"。而陈子展《诗经直解》则认为是民间打情骂俏一类之歌谣。朱熹《诗集传》谓"此淫女戏谑其所智谋者之词。近是。"此说切近诗旨。

女人喜欢任性，恋爱中尤甚。她为什么任性？因为遇到了自己的喜欢。她任性，才见出她的真性情、她的可爱。爱她的男人，自然能包容；由着她任性的男人，才是真正爱她的人。如果女人对你说：你快来！否则我叫别人了！说明她最需要你，而那个别人，一般是她常用来垫补的小可怜儿。聪明的男生，你可明白？

男人表达爱的方式很直接，单刀直入，大大方方，而这往往也吸引女人，让女人感到他的自信和磊落。而女人表达爱的方式呢？大不相同。她若喜欢你，不会直白，总说："你讨厌！""你坏死了！""你滚！""你个二货"……而老道又聪明的男人们，善于利用这一点，把女人俘虏。你看，女人其实很单纯。

叔兮伯兮，驾予于归·丰

子之丰兮，俟我乎巷兮。

悔予不送兮。

子之昌兮，俟我乎堂兮。

悔予不将兮。

衣锦褧（jiǒng）衣，裳锦褧裳。

叔兮伯兮，驾予与行（háng）。

裳锦褧裳，衣锦褧衣。

叔兮伯兮，驾予与归。

出自《诗经·国风·郑风》

丰，丰润，标致。

你的长相好标致，曾在巷口等着我。真后悔没跟你一起走！

用"丰"字赞美心上人，赞美他是一个内心丰富的美男子。而且，他也深深爱着她。自从他走后，她就开始回忆，回想曾经的甜蜜约会，他在巷口等她……那情景，犹在眼前，但已成过去。怎不叫她思念？真后悔没跟他走。送，从行。

她每天活在回忆里，回想心上人俊美的形象。哦，他不仅长得标致，而且身材高大健美，充满男性的魅力。真叫人着迷呀！就是他呀，还曾在厅堂等着我，与我浪漫约会……可是，他那天走了，我真后悔没有跟他走！将，同行。

叔、伯，这里指迎亲之人。

穿着漂亮嫁衣，披着华丽的披风。迎新的人们啊，驾着马车接我走！

在思念中，她穿上漂亮的嫁衣，披上华丽的斗篷，一帮人驾着马车，来迎娶她。真是风光啊。马上嫁给心上人，怎能不开心？

幸福的心儿几乎要跳出来，激动的脸蛋儿红扑扑。她不停地赞美着自己风光嫁人：罩着华丽小披风，穿着美丽的嫁衣。心上来了迎娶了，浩浩荡荡把我娶回家！归，回，这里指女子出嫁。

可能恋人一时离开了，她在思念中急切地等他来迎娶自己；或许她的心上人已成婚，他再没有希望嫁给他。无论哪一种，女子后悔没有跟他走，而且还似乎心存希望，幻想着有一天她能穿上嫁衣，嫁给心上人。

后悔当初没跟他走，表明她的希望终会落空，但对他的感情始终未变，一往情深，所以就幻想着嫁给他。只是，幻想终是幻想，到头来不过是一场空。幻想热闹风光嫁人，恰恰反衬出现实中她的孤独和悲凉。

《毛诗序》以为本诗"刺乱也。昏姻之道缺，阳倡而阴不和，男行而女不随"。近代陈子展《诗经直解》以为本诗"盖男亲迎而女不得行，父母变志，女自悔恨之诗"，似乎更切诗意。

他长相英俊，身材魁梧，他曾来巷口约会我，可我当时没有去，如今想来真后悔。思念中，不觉浮想联翩，幻想着自己身着华丽的嫁衣，他驱车前来迎接，把她娶回家……

其实，女人喜欢一个人很简单，也很单纯，无需多少外在的附丽。她喜欢你，不必你怎么追，她自会想方设法让你感觉到；她喜欢你，在心里已经以身相许，不必你费什么力气，就可把她娶回家。只是，现在为什么女人找对象要那么多客观条件？是社会，是社会膨胀带坏了女人的虚荣心。

　　天下最大的遗憾，就是两个相爱的人没能走到一起，有情人未成眷属。而其中最不能原谅的，就是当年为了自己的所谓梦想，决然选择了分手，亲手埋葬了自己的幸福。

士如归妻，迨冰未泮·匏有苦叶

匏（páo）有苦叶　济有深涉。
深则厉，浅则揭（qì）。

有弥济盈，有鷕（wěi）雉鸣。
济盈不濡轨，雉鸣求其牡。

雝雝（yōng）鸣雁，旭日始旦。
士如归妻，迨冰未泮（pàn）。

招招舟子，人涉卬（áng）否。
不涉卬否，卬须我友。

出自《诗经·国风·邶风》

匏有苦叶，指匏瓜叶子枯萎了。厉，穿着衣服渡河。揭，牵着衣服渡河。

匏瓜叶子枯，济水虽深也能渡。水深就穿着衣游过来，水浅就提起衣服蹚过来。

猛一看，先说匏瓜叶枯，后说济水深浅。什么意思呢？在古代，匏瓜与婚育有关，所谓瓜瓞绵绵，比喻生育繁多，子孙旺盛。这是古人婚姻家庭的幸福观。以"匏有苦叶"起兴，暗指本诗与婚姻有关。我们知道，古人结婚时，常用剖开的匏瓜作"合卺"喝的酒器。所以这"匏瓜"一定与婚姻有关。

那"苦叶"呢，指匏瓜的叶儿已枯萎了。说明风霜将至，瓜熟蒂落，秋天到了。而秋天，是古人认为最好的结婚时期。《孔子家语》有言："霜降而妇功成，嫁娶者行焉；冰泮而农业起，昏（婚）礼杀（止）于此。"意思是秋天是结婚的好时节，春天不宜。

这就明白了，主人公想结婚了。那么，他的心上人在哪里呢？一定是在济水的另一端，需要过河才能相见。

那么，是自己过河，还是让对方过河呢？

雉，雌性野鸡的叫声。轨，大车的轴头。

春天到来，济水涨满了，一片白茫茫。河水虽然很深，但并不会粘湿车轴。河边的雌性野鸡雉雉叫，它们躁动不安，分明是在求偶啊！

诗歌的主人公，看到水边的野鸡，便想到结婚了。春水涨，春心发，鸟求偶，人思情。无论从生理还是感情上，结婚对于她，都是眼前要解决的最大一件事情了。

这里强调雌性，看来主人公是一位姑娘，她想嫁人了，她呼唤着恋人——快过河来，把我娶回家吧！她切切盼望，等待着他过河来，迎娶自己。

雝雝，形容和谐的鸟叫声。泮，冰融化。抬眼看，空中大雁排成"人"字形，它们雝雝而叫，那么和谐。它们肯定是一对对，相伴而飞吧，那么欢乐地叫着，真令人羡慕啊！

又到早上了，红日初升，天亮了。她思念又起，呼唤心上人：你要真想娶我，赶快呀，趁着冰还没融化，快点过河来！

她已有意中人。春去秋来，雁南飞；秋去冬来，冰雪结；冬去春来，春水涨，河里的冰马上要融化了，新的一年又来了；旭日升，新的一天又来了，但仍不见心上人过河来找自己，怎么不令她焦虑呢？想必，她每天坐着门前，对着河水，望眼欲穿，等着心上人突然出现，心里一遍遍唤着：情郎啊，你要真想娶我，快点过河来！否则，河里的冰化了，你就错过了结婚的好时机，而且很难过河了！

招招，船夫招手叫人乘船。卬，我。友，爱侣。从济水对岸边过来的艄公，一遍遍地向她招手，问她坐不坐船。人们都坐船过河去了。可是她还没有过——她还在痴等她的情郎啊，等他过河来接她！

在渡河的繁忙时节，人们都纷纷过河去，但姑娘还在等情郎，不见情郎人不肯走。我们不知她要等多久，等了多久，反正她坚持坐在渡口等。这等，一定是煎熬的，孤独的，但对于她来说，因为心中有坚贞不渝的爱作支撑，这等待也就不以为苦，而能苦中作乐了。

《毛诗序》认为此诗是"刺卫宣公也。公与夫人并为淫乱"。朱熹《诗集传》也认为"此刺淫乱之诗。言饱未可用，而渡处方深。行者当量其浅深，而后可渡。以比男女之际，亦当量度礼义而行也"。近人余冠英《诗经选》认为此诗是"一个女子正在岸边徘徊，她惦着住在河那边的未婚夫"，此观点较为客观。

本诗描摹了一位女子在渡口等候情人的焦虑心情，野鸡鸣叫求偶，旭日东升，想起恋人，心兑：要娶我，就早点来呀，趁着冰还未化，渡口痴等心上人。情景交融，意境优美，感情炽热。

坠入爱河的人，彼此倾心，盟誓信诺，一片痴情心不改。只因他说要娶我，我就在这河岸把他等，只等他来把我接。河水涨满了，野鸡在求偶，大雁在翩飞，旭日东升了，可你咋还不来？我在这里等，直到你到来！

女人爱上某个男人，往往日里夜里都是他，一片痴心为他等，守身如玉只为他。因为爱，她心甘情愿这么傻；因为爱，她早已以身相许，只等他来把自己娶。

爱需要痴情，否则爱情的美大打折扣，但自古多情空余悲，爱得越深，伤得越痛。有情投意合的对等爱情固然好，但如果不是，则痴情的一方必然受到重挫。所以，不要痴爱得透支了自己。爱是人生最重要的课堂，不妨把爱当成一种学习，无论成与否，都该有所悟得。

穀则异室，死则同穴·大车

大车槛槛，毳（cuì）衣如菼（tǎn）。
岂不尔思？畏子不敢。

大车啍啍（zhūn），毳衣如璊（mén），
岂不尔思？畏子不奔。

穀（gǔ）则异室，死则同穴。
谓予不信？有如皦（jiǎo）日。

出自《诗经·国风·王风》

毳衣如菼，毛织的衣服如初生的芦荻。

驾着大车槛槛行，你的青毛衣，色如小芦荻。怎不爱你？只怕你不敢和我好。

身穿淡青色毛衣的男子，驾着大车从眼前过。女子一眼爱上他，但不敢表达，怕被拒绝。

璊，红色的玉。

他驾着大车啍啍行，身穿的毛衣红如璊玉。怎不爱你？只怕你不敢带我私奔。

你驾车疾驰而过，再也没回头。留下我一个人在这里黯然神伤……

縠，活着。皦，皎洁明亮。

也许今生没有再见的可能了，也许你我终将无缘成眷属了。但是，我始终会爱着你，发誓今生非你不嫁。活着不能同室，但愿死后可同穴。你要不信，我对头顶上的太阳发誓！

女子一颗爱心比石坚，纵不能相濡以沫，白头偕老，也要死而同穴，与他共眠。如此忠贞不渝，可见这个女子不仅爱得深，而且爱得执着，始终如一，至死不渝。这不正是爱情的最高境界吗？爱一个人超越了爱自己。

《毛诗序》认为此诗是"刺周大夫也。礼义陵迟，男女淫奔，故陈古以刺今"。朱熹《诗集传》认为："周衰大夫犹有能以刑政治其私邑者，故淫奔者畏而歌之如此。然其去二南之化则远矣，此可以观世变也。"

刘向《烈女传·贞顺篇》则认为此诗写的是春秋时的息夫人。

息夫人，春秋时四大美人之一，出生于陈国宛丘（今河南周口淮阳），陈庄公的女儿，因嫁给息国（今河南息县）的国君，又称息妫，俗称息夫人。

息夫人回娘家探亲时，到蔡国她姐姐家暂住，却遭到姐夫蔡侯的戏弄。他丈夫得知后，就与楚国联合打蔡国，想报此仇。不想楚文王也被息夫人的美貌吸引，俘获蔡侯后，又攻打息国，要霸占息夫人。危难时刻，息夫人甘愿牺牲自己挽救息国，忍辱嫁到楚国，成了楚夫人。楚文王也很宠爱她，转眼三年了，她为楚文王生下两个儿子，也成了他的贤内助，但始终不发一言。楚文王十分纳闷，要她说出原因，她才流泪说道："吾一妇人而事二夫，不能守节而死，又有何面目向人言语呢！"

这年，到了秋天，楚文王出去打猎，需要两三天才能回宫。息夫人趁此机会，悄悄地跑到城门处，私会曾经的丈夫息侯。两人见面，百感交集，恍同隔世，息夫人哭着说："妾无须臾而忘君也，终不以峰更贰醮。妾在楚宫，忍辱偷生，初则为保全大王性命，继则为想见大王一面，如今心愿已了，死也瞑目。"乃作诗曰：

穀则异室，死则同穴。

谓予不信？有如皦日。

息侯听了，已格外心伤，安慰息夫人："苍天见怜，必有重聚之日，我甘任守城小吏，还不是等待团圆的机会么？"

息夫人不想再苟且偷生，猛然往城墙上撞去，息侯阻拦不及，眼看息夫人一缕香魂远去。

息侯痛不欲生，顷时万念俱灰，跟着一头撞死在城下。

楚文王有感于两人的爱情，竟以诸侯之礼厚葬两人，把他们合葬于汉阳城外的桃花山上。后人称为桃花夫人庙或桃花庙。至今，在武汉市黄陂区和河南息县，都有桃花庙。

男子驱车而过，也带走了女子的心：真想跟他走，私奔也无所谓，但就怕他不带自己走。思念中，暗暗发誓：即便不能嫁给他，生不同室，那么死也要同穴。此心可对日月发誓，坚贞不屈。

真爱的一对，不仅是相互欣赏愉悦，相互关勉负责，而且专一不二，他们海誓山盟，生死相守。外人眼里，觉得又傻和痴，其实都是因为你不懂，没体验过那份忘我的爱情。

最好的爱，就是有呼应，有共鸣，能对等，两两相好。但世上总有不幸的爱，比如单恋：一厢情愿，爱得痴狂，甚至失去理智，明知无果，却不甘心。于是不依不饶，穷追不舍，甚至发誓殉情：不如一起死吧！这就是害人害己的愚恋了。

七章

你婚我嫁
夫妻育儿女

今夕何夕，见此良人·绸缪

绸缪（chóu móu）束薪，三星在天。

今夕何夕，见此良人？

子兮子兮，如此良人何？

绸缪束刍，三星在隅。

今夕何夕，见此邂逅？

子兮子兮，如此邂逅何？

绸缪束楚，三星在户。

今夕何夕，见此粲者？

子兮子兮，如此粲者何？

出自《诗经·国风·唐风》

绸缪，缠绕。束薪，成捆的柴薪，比喻感情之连绵，婚姻之命运相连。三星，参星，二十八星宿之一。三星在天，指黄昏时。

捆紧了柴薪，天上星星亮闪闪，夜幕降临黄昏至。就在此时，他——新婚丈夫，出现在眼前！她窃喜，心中感叹：这是个什么夜晚呀，让我与你成婚配！不由嗔道：你呀你，你这么好，让我如何对待你？

　　惊喜之余，紧张、害羞而无措。良辰美景，有情人终成眷属，人生最幸福的事情不过如此。

　　关于男女婚事，《诗经》中常用"薪"这个字，如《汉广》"翘翘错薪"；《南山》"析薪如之何"；《东山》"烝在栗薪"；《车辇》"析其柞薪"、《白华》"樵彼桑薪"，等等。段玉裁《说文解字注》说："古以薪蒸为之烛。"古人娶妻之礼，以昏为期（见）。因为在黄昏后举行婚礼，所以需要点燃柴薪以照明。后来，"束薪"就成为婚姻的礼俗之一。

　　捆紧了柴草，星星出现在东南隅，夜深寂寂。此时，他出现在她面前，深情凝视。她娇羞紧张，心里想：这是个什么夜晚啊，让我嫁给你！你呀你，这么看着我，多不好意思，让我如何是好？

　　新婚的紧张、不安、美好的憧憬和幸福，让她有些晕眩，不知今昔何夕，不知身在何处，完全陶醉，不知所以……

　　粲者，美人。

　　刚扎起柴薪，天上星星头上挂，夜半时分了。他在眼前出现，幸福感叹：今天是个什么夜晚啊，让我嫁给你这美男子。你呀你，这么美，让我该如何对待你！

　　朱熹《诗集专》认为此诗"绸缪束薪，三星在天"，点明了婚事及婚礼时间在黄昏。"隅"指东南角，"在隅"表示"夜久矣"。戴震《毛诗补传》认为"在户"则指"至夜半"，黄昏——夜深——夜半，以星星在天上的移动，表明时间的流转推移，代表由结婚到洞房花烛夜的整个过程……

　　"今夕何夕，见此良人"，比喻新婚燕尔之夜，对后世影响极大。《说苑》所载《越人歌》有诗句："今夕何夕兮，搴舟中流"，杜甫《赠卫八处士》有诗句"今夕复何夕，共此灯烛光"。

　　《毛诗序》认为此诗是"刺晋乱也。国乱则婚姻不得其时也"。清代方玉润《诗经原始》则认为"此贺新昏诗耳。'今夕何夕'等诗，男女初昏之夕，自有此惝恍情形景象，不必添出'国乱民贫，男女失时'之言，始见其为欣庆词也"。陈子展《诗经直解》说："盖戏弄新夫妇通用之歌。此后世闹新房歌曲之祖，后来解《诗》者，不知其为戏弄新夫妇谐谑娟羡之辞。"

天上星光熠熠。地上柴薪旺燃，如此美好之夜，一对有情人喜结良缘，缘分天定。新娘融化在美丽、暧昧的夜色中，这幸福叫她手足无措，情难自持。良辰美景醉人夜，两情缱绻，人生显得如此幸福、美满。

今夕何夕，遇此良人，花好月圆。茫茫人海，聚散无常。人生倘若得遇心上那个一直顾念的人，怎不惊喜？天下最美的愿望，就是有情人终成眷属；天下最美满的事，就是洞房花烛夜。

桃之夭夭，之子于归·桃夭

桃之夭夭，灼灼其华。

之子于归，宜其室家。

桃之夭夭，有蕡（fén）其实。

之子于归，宜其家室。

桃之夭夭，其叶蓁蓁（zhēn）。

之子于归，宜其家人。

出自《诗经·国风·周南》

华，花。桃花吐红蕊，含苞待放，美艳如霞。姑娘要出嫁了，结为夫妻成一家。

在春光烂漫、桃花成型的时节，姑娘出嫁了。万物生长的季节，如花的年龄，含苞待放，如此光景，如此年华，嫁给一个对的人，真是人生至幸。对女人来说，还有什么比幸福婚姻更重要的呢？没有人不向往这样及时的幸福，只是并非人人有幸拥有。诗中的女子，是幸福的，幸福得如花儿一样。

蕡，果实累累的样子。

桃花含苞待放，很快就会果实累累。姑娘要出嫁了，男女和顺成婚配。

　　青春的女子，不正如那颗花骨朵儿吗？含苞待放。一旦花开蒂落，很快就会果实累累，结满枝头。由少女到青春成熟，姑娘嫁人了，开始新的人生，由姑娘成为妇人，为人妻，为人母，形成一个和睦的家庭。

　　桃花含苞待放，桃叶茂密，花落蒂出。姑娘要出嫁了，有情人终成眷属。

　　女大十八变，姑娘长大了，该嫁人了。正好，有一位小伙子，两人情投意合，有情人成眷属。在该嫁人时，她顺利地嫁对了一个好人儿，多么幸福！

　　《毛诗序》认为此诗是歌颂后妃美德，"不妒忌则男女以正，婚姻以时，国无鳏民也。"方玉润《诗经原始》则认为此诗"不过取其色以喻'之子'，且春华初茂，即芳龄正盛时耳，故以为比"，写出姑娘所嫁及时宜人。

　　青春女子，美丽耀眼，如桃之夭夭。在桃花时节，女子出嫁了，和心爱的男子成婚。诗中，桃树的花、果、叶，既是写姑娘之美貌，亦喻指婚后子孙满堂，人丁兴旺。

　　美女含苞待放，夭夭又灼灼，鲜艳欲滴，人面桃花，青春正好。在桃花盛开的烂漫春节，美女出嫁了，和心爱的郎君琴瑟和鸣，组成幸福美满的家庭。

　　桃花盛开，春光正好，女儿长大，就要嫁人。芳龄与韶华，皆春意无限，爱情正浓，男欢女爱正当时。人生短暂，韶光易逝，青春耗不起——女人在最好的时候，找个好人嫁了，是人生最大的幸福。

　　春华秋实。看眼前春意盎然，枝繁叶茂；桃花盛开，朵朵簇簇，挤挤捱捱，蜂蝶纷至，真是热闹非凡……想未来丰收在望，果实累累，子孙满堂，家庭和美。

　　一朵桃花，从含苞待放，到花谢蒂熟，果实累累，转而成粉白充实，丰盈可爱的果子……从豆蔻转丰年，生子转丰韵，减了青涩，多了圆润。从此，女孩成女人。成长必然付出，而这个过程，弥足珍贵，所以青春最值得祭奠。

之子于归，百两御之·鹊巢

维鹊有巢，维鸠居之。

之子于归，百两御之。

维鹊有巢，维鸠方之。

之子于归，百两将之。

维鹊有巢，维鸠盈之。

之子于归，百两成之。

出自《诗经·国风·召南》

鸠，斑鸠，布谷鸟。体形如鸽子，更细长，上体暗灰色，腹部布满横斑。芒种前后，它昼夜鸣叫，声音宏亮而凄婉，声音四声一度，听去像"布谷布谷，布谷布谷"、"快快割麦！快快割麦！""快快播谷！快快播谷！"故俗称布谷鸟。

传说炎帝少女女娃，即"精卫"，化为布谷鸟。民间以它为春神句芒的使者。而且，它和燕子，都象征男根。古代民间春节时，祭祀它，祈祷生育。民间传说布谷鸟不筑巢，专门占其他鸟的巢穴。

喜鹊树上筑巢，布谷鸟把它占了。姑娘要嫁人了，百辆车子送她。

姑娘就要出嫁了，离开父母，此送彼迎，从此开始踏上人生的新征程。

姚际恒《诗经通论》说："此诗之意，其言鹊、鸠者，以鸟之异类况人之异类也。其言巢与居者，以鸠之居鹊巢况女之居男室也。"鸠占鹊巢，比喻女儿出嫁后住到夫家。

居、方、盈，由占居到占满，"御"、"将"、"成"，由送到接到成婚配，点出成婚的整个过程，而且反复咏叹，强调姑娘出嫁了，强调百辆车子相送迎，鸠占鹊巢——她成功地嫁人了，不断吟咏，表明嫁得风光，而且嫁了一个好人家。多么幸福啊！

这并非普通人家的女儿，一定是贵族人家的小姐，否则不会有百辆车相送。她要嫁的人家，也一定是贵族人家。所以这门亲事，应是门当户对的姻缘。

《毛诗正义》认为此诗是赞美夫人，"夫人之德也。国君积行累功，以致爵位。夫人起家而居有之，德如鳲鸠，乃可以配焉。"朱熹《诗集传》说："南国诸侯被文王之化，其女子亦被后妃之化，而有专静纯一之德，故嫁于诸侯，而其家人美之。"

嫁人，对女人是天大的事情，所谓终身大事，嫁得好，远比干得好来得实际，古代社会是，现代社会亦然。嫁得好，有幸福，才是女人的最大福分。没有女人天生喜欢做女强人，再强的女人也愿意身边有个更强大的男人可依偎。

在婚姻问题上，古人强调媒妁之言，强调成婚以礼。贵族隆重，百姓庄重。要的不是那场浮华，而是通过仪式表达对婚姻的严肃态度。女人都想要一场隆重婚礼，它代表着自己从女孩成为女人，青春从此托付给一个男人。

鸠占鹊巢。女人婚后搬到夫家。婚姻对女人更受用，因为她从此有了属于自己的家，这是她的小天地、大世界。她在这里经营，不只幸福，还有责任；不只对自己，还有对丈夫、孩子，父母亲友及社会的关系。她的作用可以很大，大到不出家门就可顶起半边天。聪明女人，善守家这方阵地，聪明男人任老婆管家。男主外女主内，各尽其职，家庭方才和美兴旺。

于以奠之，宗室牖下·采蘋

于以采蘋？南涧之滨。

于以采藻？于彼行潦（háng lǎo）。

于以盛之？维筐及筥（jǔ）。

于以湘之？维錡（qí）及釜。

于以奠之？宗室牖（yǒu）下。

谁其尸之？有齐季女！

出自《诗经·国风·召南》

采蘋，采摘浮萍，这里用来作祭品。行潦，沟中积水。

我到哪里去采浮萍？去南面涧水边。到哪里去采水藻？去那浅水边。

这姑娘要采摘水草，却不知到哪里去。按说采摘浮萍水藻，肯定去河边呀，这个她怎么不明白？看来她一定是心中有事，有些心猿意马吧？

筥，圆形竹器。筐，方形竹器。湘，烹煮供祭祀用的牛羊等。錡，有足的锅。釜，无足的锅。

用什么放置野菜？用圆篓或者方筐呀！用什么来煮熟？就用那有足锅或无足的釜呀。

野菜当然要放在竹篓或竹筐,烹煮当然要用锅呀,这还用问吗?可见这姑娘是心不在焉,心有不安呀!那么,她究竟有什么心事呢?让她这么不专心?甚至有点糊涂呢?

奠,放置。宗室,宗庙、祠堂。尸,主持。古人祭祀用人充当神,称尸。有,同"斋",沐浴视敬。季,排行第四,排行老小。

在哪里摆放祭品?就在祠堂的窗下呀。由谁来主祭?就由那位虔诚的少女吧!

原来,是要举行庄严隆重的祭祀活动了。而且这活动是专门为女子出嫁前举办的,主祭人,要由这女子主持。

女子出嫁前要采摘浮萍、水藻,然后祭祀祖先、宗祠,这是当时的一种风俗。《礼记昏义》记载,女子出嫁前三个月,须在宗室受教育:"教成之祭,牲用鱼,笔之以蘋藻,所以妇顺也。"古人对婚姻的重视由此可见一斑。女子婚后,承担着重要的家庭责任,相夫教子,主理内务,这些关系家庭的兴衰,所以婚前的教育十分必要。

原来如此!难怪这姑娘如此神不守舍呢,原来是要嫁人了,心中兴奋、紧张而不安!

《毛诗序》认为此诗"大夫妻能循法也。能循法度,则可以承先祖,共祭祀矣"。朱熹《诗集传》也认为:"南国被文王之化,大夫妻能奉祭祀。而其家人叙其事,以美之也。"郑玄《笺》说:"女子十年不出,姆教,婉娩听从。执麻,治丝茧,纺织,学女事以供衣服。观于祭祀,纳酒浆,笾豆等,礼相助奠。十有五而笄,二十出嫁。此言能循法度者。今既嫁为大夫妻,能循其为女之时所学、所观之事,以为法度。"

古人教育婚后的女子以"顺"为大,后来演变为三从四德。今天看似乎对女人不公平,但古人自有道理:要求女子顺,强调男人的主导地位,正是基于对男女天性和优势的认识,女子主理内务,相夫教子,孝养公婆,减少男人后顾之忧；男子主打外务，建功立业，光宗耀祖，各司其职又能互补，家才有理有序，兴旺发达。

现代女性有更多选择，可以选择做职业女性，也可以选择做相夫教子的主妇，只要自己喜欢，无不可。其实，一个家庭主妇，未必没有成就感，成功的老公、孩子，幸福稳定的家庭，就是她最大的价值所在。或许，这样的女人，才是最清醒和聪明的，也往往是丈夫和儿子最宠爱的女人。

何彼秾矣，华如桃李·何彼秾矣

何彼秾（nóng）矣，唐棣（dì）之华。

曷不肃雍？王姬之车。

何彼秾矣，华如桃李。

平王之孙，齐侯之子。

其钓维何？维丝伊缗（mín）。

齐侯之子，平王之孙。

出自《诗经·国风·召南》

秾，花木繁盛。唐棣，棠棣。王姬，周王的女儿，姬姓。

怎么那么华丽呀，像唐棣花之美艳。怎能不庄重呢？这是王姬出嫁的车队啊。

周王姓姬，看来，这是周王室的女子出嫁的场面，华丽而隆重。

维丝伊缗，捻丝成纶，合股丝绳，这里喻男女成婚配。

那新娘面如桃花，粉面娇俏。这新娘，是周平王的孙女，而新郎呢？则是齐桓公的公子。

这真是一桩门当户对的亲事，公主配王子，天生的一对。

该用什么钓鱼？捻丝成纶作鱼绳。他是齐侯的儿子，她是平王的孙女。

男女结成夫妻，不正像捻丝成纶吗？从此两股合成一股，命运相连。不过，他是齐桓公之子，她是周平王之孙女，这样的婚姻，既是政治联姻，也是门当户对的好姻缘。

如此豪华的场面，也只有王孙贵族能有；如此高端的门当户对，也只有王室贵族家有。只是，在一般人眼里，尤其在百姓眼里，这婚礼如此高端、隆重，让人可望而不可及，只有感叹"彼何稼矣"。也许，他们只是徒有其表，他们中复杂的内情，也不是我们一般百姓所能了解和体会的。

这就是王姬下嫁诸侯的盛况。王姬貌美如花，雍容华贵。新郎也是王族贵胄，一对玉人，门当户对，在桃李华年结为夫妻，如合股丝绳，成为一家。《诗经》中常用鱼类隐喻婚姻，诗中钓鱼比喻男女的结合。

《毛诗序》说："美王姬也。虽则王姬，亦下嫁于诸侯。车服不系其夫，下王后一等，犹执妇道，以成肃雍之德也。"朱熹《诗集传》说："王姬下嫁於诸侯，车服之盛如此。"

婚姻与爱情毕竟不同，婚姻固然需要感情基础，但更需要客观条件的支撑。所谓门当户对，不是说婚姻的眼光一定要势利，而是强调两个人家庭教育背景和生活方式的对等性。而这个对婚姻的和谐十分重要。缺少感情基础又家庭背景悬殊的婚姻，需要经历更多考验和挑战，夫妻间常常冲突摩擦不断，磨合显得艰难吃力。

与爱情相比，婚姻的缘分自然更为深刻。

爱情往往不过是人生的一个插曲，而婚姻，却是男女双方慎重选择的结果。所谓"百年修得同船渡"，芸芸众生中，为何我偏与他（她）走到一起？这是多大的缘分！所以，要彼此珍惜，严肃对待婚姻，婚前慎重选择，选好了就珍重相惜。

一对男女结为夫妻，如捻丝成纶，从此命运相连，风雨与共；从此，爱情之上加了亲情，相爱的同时加了相携相伴。爱，在共建的家庭中有了更多沉甸甸的责任。

之子于归，远送于野·燕燕

燕燕于飞，差池其羽。

之子于归，远送于野。

瞻望弗及，泣涕如雨。

燕燕于飞，颉（jié）之颃（háng）之。

之子于归，远于将之。

瞻望弗及，伫立以泣。

燕燕于飞，下上其音。

之子于归，远送于南。

瞻望弗及，实劳我心。

仲氏任只，其心塞渊。

终温且惠，淑慎其身。

先君之思，以勖（xù）寡人。

出自《诗经·国风·邶风》

燕儿燕儿在飞翔，羽毛参差飘在空中。妹妹要出嫁了，我送她到郊外。一直到望不见她，泣泪交流如雨下。

燕子翩飞的春季，妹妹出嫁了，哥哥相送到郊外，恋恋不舍，心伤感。可见兄妹之情深。"瞻望弗及，伫立以泣"，透露多少不舍和惆怅啊！不言伤感，却满是孤独伤感之情。妹妹嫁人离去，高兴之余徒生的一种孤独寂寞。这寂寞是人生的，也是难免的，所有嫁女儿的父母兄弟，大概都会有这种悲喜交集的情感吧！

燕儿上下翩飞，想到妹妹出嫁了，他高兴，但送亲到郊外，依然心有不舍，不禁伤感流泪……

任，诚实可信。塞，诚实。勖，勉励。

燕儿翻飞叫不停，妹妹嫁人了，送她到南边。送到看不见她了，虽说为她高兴，但同时也又不免牵挂心不安，怕她嫁人不淑不幸福……

他不觉想到妹妹的各种好处，在心里跟她说：二妹你诚实有信，心性敦厚心思远。温婉和顺又贤惠，娴淑谨慎以自守。心怀先父常思念，以此勉励我上进。

妹妹个性温婉，贤淑孝顺，谨言慎行心思慎密，诚实善良又智慧，这样一个女子，几乎是完美了，谁不喜欢呢？难怪哥哥如此深情不舍。"相见时难别亦难"，兄妹手足情深。

感情深沉反复，情深意长，缠绵悱恻，写送别情境和惜别气氛，让人不忍卒读。所以王士禛《带经堂诗话》说此诗是"万古送别之祖"。

《毛诗序》认为"卫庄姜送归妾也"，这个没有确据，所以我们还是认为这是一首送亲嫁人的诗篇。

燕儿飞，春季来，春心发，正当新婚时。妹妹要嫁人，哥哥远送，送了一程又一程，叮咛嘱咐说不完，送到眼望终不见……曾经的玩伴，兄妹嬉戏，童言无忌，多么温馨，从此再不复返，妹妹长大嫁作他人妇，作哥哥的百感交集，久久伫立，伤感泪流。

妹妹诚实有信，敦厚志远，天生丽质，温婉和顺，娴淑谨慎，又识大体，常与哥哥一起追思先父，勉励哥哥，如此好的妹妹，一旦出嫁，怎么舍得？怎不牵挂？如此一个妹妹，怎么能不幸福？祝福妹妹婚后幸福美满……

同胞兄妹，幼年时是玩伴，长大后是贴心手足。哥哥是妹妹的保护伞，妹妹是哥哥的知心人。有这样的妹妹，哥哥是幸福的；有这样的哥哥，妹妹是有福的。看到这样一对兄妹，哪个独生子女的家庭不羡慕？

巧笑倩兮，美目盼兮·硕人

硕人其颀，衣锦褧（jiǒng）衣。

齐侯之子，卫侯之妻；

东宫之妹，邢侯之姨，谭公维私。

手如柔荑（tí），肤如凝脂；

领如蝤蛴（qíu qí），齿如瓠犀（hù xī）；

螓（qín）首蛾眉，巧笑倩兮，美目盼兮。

硕人敖敖，说（shuì）于农郊。

四牡有骄，朱幩（fén）镳镳（biāo），翟茀（dí fú）以朝。

大夫夙退，无使君劳。

河水洋洋，北流活活（guō）。

施罛（gǔ）濊濊（huò），鳣（zhān）鲔（wěi）发发（bō bō），葭（jiā）菼（tǎn）揭揭。

庶姜孽孽，庶士有朅（qiè）。

出自《诗经·国风·卫风》

146

硕人，身材修长皮肤白嫩的美人，这里指卫庄公的夫人庄姜。襁，妇女出嫁时穿的披风。姨，妻子的姐妹。谭公维私，谭公是庄姜的姐夫。谭，春秋一个小国，在今山东历城。私，女子对妹夫的称呼。

美人身材修长，华衣披风罩。她是齐庄公的女儿，卫庄公的妻子，齐国太子的妹妹，邢国诸侯的小姨，谭公是她的妹夫。

身材修长而微胖的女人，坐着华丽的车子，风光出嫁了。她是谁呢？她是齐庄公的女儿，贵为公主。她要嫁给卫庄公，也是一国之主。她的亲戚们都是王室贵胄。出身如此高贵，所以嫁人的风光无两。

柔荑，温柔白嫩的茅草。蝤蛴，天牛的幼虫，细长色白，形容脖子白而长。瓠犀，葫芦籽，形容牙白而齐。螓首，额头开阔饱满。

她的手指温软白嫩如茅芽，她的皮肤白嫩如凝脂，她的脖颈白而颀长，她的牙齿洁白又整齐，她的额头饱满眉毛弯细。她嫣然一笑，妩媚娇俏，她的双眸闪闪，顾盼生辉，眼波流转，风流无限。

庄姜不仅出身高贵，而且天生丽质，从身材、手指、皮肤、颈项、牙齿，到五官眉眼，无不美丽，亮瞎人眼。出身如此高贵，长得如此美艳，嫁得如此风光，这样的好事，天下有几个女子能够拥有？她一定是上帝的宠儿吧？否则怎么能拥有这么多？

"巧笑倩兮，美目盼兮"，这美丽是多少女孩子的梦？这美丽有几个男人能抵挡？这样的赞美，实在妙绝，清人姚际恒《诗经通论》说"千古颂美人者，无出其右，是为绝唱"。后世的《陌上桑》《孔雀东南飞》、曹植《洛神赋》中，都能看到这首诗的深刻影响，最著名的当数白居易《长恨歌》中一句"回眸一笑百媚生，六宫粉黛无颜色"，它们都是受到此诗的影响。

说，停车休息。朱幩，缠绕马口铁的红绸子。翟茀，野鸡毛装饰的车蓬子，形容车饰华丽。夙退，早早退朝。

庄姜身材修长，亭亭玉立。出嫁的车队，停在近郊。四匹雄马好健壮，绸带身上飘，华丽车队抵达宫室。她劝夫君早退朝，免得太辛劳。

出嫁的车队，车马豪华，从员众多。而庄姜不仅人美，而且品德贤淑，知书达礼，到达王室，就劝丈夫早退朝，注意休息。只是，这样贤淑的女子，婚后因为没有生育，被陪嫁的丫头抢了风头，失去了丈夫的宠爱。只好一声叹息，也许这是她的命。

看来，这是一个出身贵族、有教养有修养的女子，品貌皆佳。卫庄公能得到这样一个美人，应该心满意足了吧？

施罛，布下鱼网。鳣鲔，鳇鱼和鲟鱼。葭菼，初生芦苇和荻草。庶姜，陪嫁的姜姓众女子。有朅，勇武。

黄河水汤汤，激流向北方。撒网到水中，鱼儿齐跳跃，芦荻茂盛长。伴娘真华美，陪朗多雄壮。

庄姜结婚的车队，路过黄河，河水汤汤，鱼儿跳跃，芦荻密长，风景如画。再看那陪嫁的伴娘团，一个个也是打扮得花枝招展，光鲜华美。而伴郎呢？一个个英武雄壮，意气昂扬。一枚枚美女帅哥，簇拥着庄美这个大美人，真是风光无限！

如此细腻描摹庄姜之美，如此铺排她出嫁的风光，难道是为了反衬她日后痛苦凄凉的生活吗？她婚后没有生育，被丈夫冷落厌弃，在宫中寂寞一生。

对于此诗，《毛诗序》说："闵庄姜也。庄公感于嬖妾，使骄上僭，庄姜贤而不答，终以无子，国人闵而忧之。"朱熹《诗集传》说："庄姜美而无子。卫人为之赋硕人。卽谓此诗。而其首章，极称其族类之贵，以见其为正嫡小君。所宜亲厚，而重叹庄公之昏惑也。"方玉润《诗经原始》说："颂庄姜美而贤也。"可见，人生不可能是完美的，总有遗憾，庄姜婚后的寂寞和凄凉，不正是这个反映吗？

庄姜出身高贵，天生丽质：身材修长，手如柔荑，肤似凝脂，颈如蝤蛴，齿如瓠子，额头饱满，细眉弯弯，笑靥如花，双眸含波，而且她贤淑有德，体恤丈夫，怕他辛苦。如此女子，男人娶了，岂不是福？但她很不幸，丈夫却为她的陪嫁丫头所迷惑，从此对她疏远，如此境况，岂不恨恨？

什么是女人可依靠的？青春漂亮吗？青春转瞬即逝，红颜易老；性格人品吗？男人好色，且无常善变；孩子吗？儿时可与玩，长大离娘亲。只有丰富自己，培养个人才华，照顾好自己，才是自己的，不必依赖于人。聪明女人不断丰富自己，她有独立自由的姿态，心里永远不会有怕，才是男人眼里永远的风景。

男女间的缘分很奇妙，实在没道理可言。在外人眼里的俊男靓女，也许强拉也难喜欢。一个漂亮又温柔的妻子，做丈夫的似乎无论如何该对她好。但感情的事，没有应该，不能强求，只能顺其自然。无论如何，女人都要学会面对，善于救赎自我。

天生丽质是女人的幸运，美貌是女人的大资本，但却非一生凭依。男人可为美所动，却不为美留驻。一个相貌平平的女子，可能深得老公的疼爱。美貌不可爱也无趣，可爱不美貌自袭人。不失温婉、灵动可爱又丰富莫测的女子，也许更吸引男人。

俟我于堂，充耳以黄·著

俟我于著乎而，充耳以素乎而，
尚之以琼华乎而。

俟我于庭乎而，充耳以青乎而，
尚之以琼莹乎而。

俟我于堂乎而，充耳以黄乎而，
尚之以琼英乎而。

出自《诗经·国风·齐风》

著，大户人家正门内有屏风，正门与屏风之间的地方，叫著，古代婚娶时，迎亲队伍在此处迎亲。"充耳谓之瑱。"古代男子冠帽两侧各系一条丝带，在耳边打个圆结，圆结中穿上一块玉饰，丝带称紞（dǎn），饰玉称瑱（tiàn），因紞上圆结与瑱正好塞着两耳，故称"充耳"。素、青、黄，指各色丝线，代指紞。琼华、琼莹、琼英，皆指玉瑱的光彩。

此刻，他正在屏风前等着我，耳边垂着帽带，还有美玉真漂亮！

这是她心里的想象，并没看到他。她想象着此刻他已来到她家大门口，正在等她。他衣着华丽，佩带着各种饰品……

他来迎娶她。她，想必此刻在梳洗打扮吧，心里兴奋又紧张。女孩子对婚姻的所有美好想象，此刻就要实现了，而所有这些想象，都集中在一个人身上，那就是他——新郎。他，将来就要成为自己的另一半，与自己风雨同行，命运共济。自己的人生，从此就要开始新旅程。而离开这个久已生活习惯了的家，踏进一个完全陌生的家，和一个习惯两异的他生活在一起，会适应吗？未来的生活，会不会幸福快乐？所有这一切，都聚拢来，在她脑子里翻飞……她祈祷自己幸福，但幸福，决定于他呀！

她不停地想：此刻他正在院门口等我，衣着华丽，美玉灼灼。那么，他，应该也有美玉一样的品格吧？但愿我的他温良如玉，给我美满的幸福……

他正在厅堂等我，快要进来了吧？一步步，没想到，自己这么快就嫁人了，幸福来得如此快，快得让人有些晕眩，不知所措。他戴的美玉，明晃晃的，希望我们的爱情也如美玉般晶莹纯粹。

在出嫁的那一刻，她想象着新郎来迎亲，一步步向自己逼近……她心里兴奋紧张，喜悦中带着憧憬，憧憬中带着一丝不安。这应该是每个出嫁的姑娘应有的心态吧？

孔颖达《毛诗正义》认为本诗"刺时也。所以刺之者，时不亲迎，故陈亲迎之礼以刺之也"。而姚际恒《诗经通论》认为："此女子于归见婿亲迎之诗，今不可知其为何人，观充耳以琼玉，则亦贵人矣"。佘冠英《诗经选》也认为"这是女子记夫婿迎亲之诗"。

姑娘坐在屋里，等着迎娶的新郎。她身子端坐，但心里翻江倒海不宁静：我的夫君，身着盛装，帽带两肩垂，带着仪仗，来到我家，来迎娶我了。听，他带着大队人马，快要到我家大门了；听，他走进大门了；听，他已经进入大门，正在影壁前等着我了……待嫁新娘一颗急切又激动的心，跃然纸上。

嫁人，是女人一生中最大的一次改头换面和脱胎换骨：盘起头发，告别父母，告别青春，跟随一个男人进入一个完全陌生的家庭，开始新的人生。如此重大转变，实在难适应。嫁人的那一刻，哪个女孩不紧张？跟了他，就是一辈子。嫁人，实在是女人一生最大的赌。

女人是花，爱情是水。而婚姻，更是女人的命。嫁得好，青春延续增丰韵，充盈饱满，花开不败；嫁不好，青春早衰老气来，雨打风吹，花谢花飞。

取妻如何，匪媒不得·伐柯

伐柯如何？匪斧不克。

取妻如何？匪媒不得。

伐柯伐柯，其则不远。

我觏（gòu）之子，笾（biān）豆有践。

出自《诗经·国风·豳风》

伐柯，砍伐做斧头柄的木材。

要做斧柄怎么办？没有斧头办不成。要娶妻子怎么办？没有媒人娶不成。

做斧柄要先砍木材，要娶妻先找媒人。古人认为男女授受不亲，不能自由恋爱，有伤礼教之大防，所以男女成婚，要有媒人作中介来牵线，否则就不合乎礼法，不伦不类。其实，先民的恋爱，还是相对自由的，只是越到后来，政治教化的东西多了。礼仪束缚也多起来，才认为男女授受不亲，这其实是在束缚自由恋爱。

遘，通"觏"，遇见。笾豆有践，举办祭祀或盛大宴会时，用笾豆等器皿，盛满食物，整齐排列的一种仪式。

砍伐木材啊做斧柄，方法就在眼前。遇见那个好女子，摆好仪式娶进门。

万事有法可循。做斧柄也不例外。娶妻要遵循规矩，喜欢上那个好女子，那好，找来媒人去提亲，谈好婚姻，就可大摆仪式成婚配。

婚姻不仅要遵守礼教之规，而且结婚要有一系列仪式，用这个仪式证明并昭告大家：这一对原来素昧平生的男女结婚了，从此成为一家人！这个仪式，是庄重的，是把两个人的事情公开化，昭告众人，获得大家的认可和社会的承认，同时也获得他们的保护。

《毛诗序》说："美周公也。"认为是赞美周公礼教天下。朱熹《诗集传》说："言伐柯而有斧，则不过卽此旧斧之柯，而得其新柯之法。娶妻而有媒，则亦不过卽此见之，而成其同牢之礼矣。东人言此，以比今日得见周公之易，深喜之之词也。"

本诗表明媒妁之言、男女以礼成亲的观念，在束缚的背后，其实也表达了对婚姻的严肃认真态度。

没有斧头不能砍柴，没有媒人不能娶亲。那位我心仪的女子，我要与她成婚配。但是必须找上媒人，上门提亲，然后按照规矩，大摆仪式，以礼成亲，然后才能结为百年之好。

古人对于婚姻的态度，极其严肃认真。"父母之命，媒妁之言"，婚姻由父母作主，媒人上门提亲，然后一对男女经过一系列仪式，按照礼法成亲，从此结为夫妻。父母作主，大概因为儿女还未成熟，不懂得婚姻；媒人提亲，作为中介和桥梁，把两个完全陌生的男女牵在一起；仪式复杂讲究，为了婚姻的庄重，也为了信守礼法。这里的一切，今天看来其实不无道理。

相比今天，古人的婚姻少有自由，但似乎更加严肃，婚姻被赋予更大的意义，受到极大的保护，很多纵使没有爱情基础的婚姻，在婚后的相互宽容和忍耐中都能相濡以沫，白头偕老。今天，我们打着自由、爱情和幸福旗号的婚姻，其实有多少能经得起生活和时间的考验呢？

鸳鸯于飞，毕之罗之·鸳鸯

鸳鸯于飞，毕之罗之。
君子万年，福禄宜之。

鸳鸯在梁，戢（jí）其左翼。
君子万年，宜其遐福。

乘（shèng）马在厩，摧之秣之。
君子万年，福禄艾之。

乘马在厩，秣之摧（cuò）之。
君子万年，福禄绥之。

出自《诗经·小雅》

毕之罗之，用长柄和无柄的捕鸟网罗网。梁，筑在河湖池中拦鱼的水坝。
鸳鸯双双飞，大网小网去网罗它们。祝好人万年安康，安享福禄。

鸳鸯是一种雌雄双居的水鸟，永不分离，故又称为"匹鸟"。鸳鸯飞，一定是男女的喜事近。一对相爱的好人儿成婚配，祝愿他们福禄安康，幸福美满。

戢，插。秣之摧之，铡草喂马。艾，养。

一对鸳鸯在鱼梁相依偎，嘴插进左翅膀。祝福一对好人儿永远安康，一生幸福。

鸳鸯相依偎，如此情景，让人想到夫妻恩爱携手同行，互相慰暖，一生相偕，直到白头。这是人生最大的幸福，比那所谓的功成名就好得多。

勤劳致富，好好生活。每天喂饱马儿，让万物齐生长，天地人合一，和谐发展，一对儿好人自然能福禄绵长。

《毛诗序》以为此诗"刺幽王也。思古明王交于万物有道，自奉养有节焉"。明代何楷《诗经世本古义》说："诗人追美其初昏（婚）。"

夫妻幸福美满，如同一对鸳鸯，不仅要有爱情的基础，而且要门当户对，男女品貌匹配。不仅两情相悦，而且能互补共赢。这是一对夫妻能走长远的根基。

男女成家，结为夫妻，一个家庭产生。而要让幸福延续，不仅要夫妻恩爱，感情专一，还要两口子齐心协力，勤劳致富，才能有条件养育儿女，把小日子过得津津有味，越来越好，福运绵长。

靓尔新昏，以慰我心·车辖

间关车之辖（xiá）兮，思娈季女逝兮。

匪饥匪渴，德音来括。

虽无好友，式燕且喜。

依彼平林，有集维鷮（jiāo）。

辰彼硕女，令德来教。

式燕且誉，好尔无射（yì）。

虽无旨酒，式饮庶几。

虽无嘉肴，式食庶几。

虽无德与女，式歌且舞。

陟（zhì）彼高冈，析其柞薪。

析其柞薪，其叶湑（xǔ）兮。

鲜我靓尔，我心写兮。

高山仰止，景行行止。

四牡騑騑（fēi），六辔如琴。

靓尔新婚，以慰我心。

出自《诗经·小雅》

车辖，车轴头的铁键。逝，往，这里指出嫁。括，同"佸"，会合。依，茂盛。

车轮间关响，美貌少女要嫁人了。不为饥渴得满足，主要因为她贤淑。虽没好友来相庆，自家欢宴也快乐。

他驾着马车，来迎娶一位美貌淑女，心中高兴，因为他从此有了美女相陪相慰，不再孤单寂寞了。他的寂寞，除了情感的需要，当然还有性欲的饥渴。虽然，他嘴上不说生理的饥渴，但越是说不为性欲而为品德，越有一种此地无银三百两的意味。其实，这不过是少男的矜持罢了。爱情本来就是灵与肉的结合，缺少任何一方面都是不完全的。

鷮，长尾野鸡。

平郊野外丛林茂密，树上栖息着长尾的锦鸡。他喜欢的美女身材好，又有修养人品好。能娶到这么好的女子，怎么不开心？他开怀畅饮，爱她情意绵绵。

平郊野外，美丽的长尾野鸡，不正是她的写照吗？面容姣好，身材健美，人品又好，能娶到这样一位女子，他自觉福分不浅。越看越好看，看不够；越看越爱她，爱她到永远……

虽然他没有好酒好菜，但也要为娶到心上人而畅饮一番。他自觉配不上她，但正因此他感到无比庆幸，高兴得手舞足蹈……

湑，茂盛。

他登上高高的山冈，去砍柞枝当柴火，柞叶枝叶茂密。他接到她，心中大悦，所有的思念和烦恼都化为满心的欢喜。

柴火，比喻男女结为夫妻，从此命运相连，休戚与共。他把柴背回家，把她迎娶回家，就完成了他的人生大事。从此，一对新人开始了新生活……

景行，大路。騑騑，马不停欢跑。

高山仰止，大道纵驰。他接上她，驾起马车疾驰，拉收缰绳如调琴弦。今天娶到好女子，心情欢畅好开心。

人逢喜事精神爽。高山巍峨，大道平坦，如此风景，更让人心宽眼亮。

娶到心仪的女子，洞房花烛夜，哪个男子不开心？本诗正是描述的这种迎娶新娘的欣喜之情，表达男主人公的新婚燕尔之乐。

《毛诗序》云："大夫刺幽王也。褒姒嫉妒，无道并进，谗巧败国，德泽不加于民。周人思得贤女以配君子，故作是诗也。"此说未免牵强。朱熹《诗集传》则说："此宴乐新昏之诗。"本书从后者。

"高山仰止，景行行止。"高山让人仰视，美女亭亭玉立，身材健美，修长挺拔，美貌贤淑，让人心生倾慕，崇拜。高山挺立，大道平坦，相互衬托，美不胜收。从此，这句成为表达倾慕宇轩昂气质的千古名句。

婚姻男女都是一场最大的赌注，婚姻幸福，那么人生就幸福。如果婚姻失败，即使事业有成，权势通天，也谈不上人生的成功。

真正成功的婚姻，有爱情也有合作，感情上两情相悦，彼此关照，生活上事业上分工合作，默契配合，互补共赢。在这种婚姻里，男女都能从对方身上学到东西，彼此互相塑造，共同成长，互相满足。这样的婚姻，是真正的琴瑟和鸣，一定能弹奏出美好的乐曲。

八章

岁月静好
此生守着你

君子陶陶，招我由敖·君子阳阳

君子阳阳，左执簧，右招我"由房"。
其乐只且！

君子陶陶，左执翿（dào），右招我"由敖"。
其乐只且！

出自《诗经·国风·王风》

阳阳，洋洋得意。由房，一种房中音乐。《毛传》："由，用也。国君有房中之乐。"胡承珙《毛诗·后笺》："由房者，房中，对庙朝言之。人君燕息时所奏之乐，非庙朝之乐，故曰房中。"

丈夫心情十分好，他左手弹簧高声奏，右手拉起我，一起弹奏"由房"之乐曲。啊，夫妻共享多快乐！

这天他心情大好，弹起乐器来自娱自乐。然后，他拉起老婆，一起享受乐曲，夫妻比翼齐飞，多么惬意，多么快乐！这是一曲晚睡前的音乐，一对恩爱夫妻共享，可想而知，乐曲尽处，将是何等的恩爱缠绵，如胶似漆，水乳交融……人生还有什么比这身心灵的一体交融更幸福快乐的？

丈夫喜好音乐，知情趣，妻子乖顺活泼。这是一对感情笃好又很会玩的夫妻。他们的生活没有被柴米油盐和锅碗瓢盆所淹没，生活没有变成一地鸡毛的不屑和无聊。相反，他们的爱情得到延续，他们的生活变得丰富多彩，相亲相爱，相知相伴，比翼齐飞，幸福快乐。多么让人羡慕的一对啊！

翿，羽毛做的舞具。由敖，一种舞曲名。

丈夫十分快乐，他左手拿翿把舞跳，右手拉我一起跳起来。啊，夫妻尽情享快乐！

他又弹又唱，又唱又跳，是一个喜欢音乐、懂得营造生活情趣的好老公。他的热情和活力，深深地感染着妻子，不自觉地跟着他走，夫妻一同共享好时光！

这是一对恩爱的夫妻，这是一对真正懂得生活的夫妻，我们有理由相信，他们只会越过越好，越过越快乐。

有这样一位个性阳光，热爱生活，善于娱乐，喜欢游玩，又知情趣的老公为伴，哪个女子不喜欢呢？有这样的老公为伴，女人怎么会变老呢？有这样的老公为伴，生活的所有痛苦，都不以为苦，而能苦中作乐，生活永远充满阳光。

《毛诗序》谓："闵周也。相招为禄仕，全身远害而已。"朱熹《诗集传》认为此诗赞美征人"不以行役为劳，而安於贫贱以自乐"。方玉润《诗经原始》云："盖三代贤人君子，多隐仕于伶官，以其得节礼乐，可以陶性情而收和乐之功。故或处一房之中，或侍遨游之际，无不扬扬自得，陶陶斯咏，有以自乐。"

婚姻中最考验男女的，莫过于日复一日的琐碎和枯燥，爱情因此日益淡漠，甚至变得隔膜。如何使爱情保鲜不变，日益浓厚，应是每对夫妻认真思考的问题。聪明的夫妻，善于经营婚姻，不仅彼此珍惜关照，患难与共，而且善于在琐碎和平淡生活中制造情调，寻找快乐，从而让爱情日益醇厚，一直甜蜜地走下去……

女人喜欢浪漫，总想活在恋爱中。但婚姻毕竟不同于爱情，要面对现实的压力责任琐碎甚至无奈无聊，男人为应对生活，恢复理智，对女人少了关注。

于是女人生怨，失落，狐疑乱想：是男人不爱自己了？是自己不可爱了？曾经的甜蜜哪去了？……其实，人没变，需要改变的只是女人的心态——要学会适应婚姻。

琴瑟在御，莫不静好·女曰鸡鸣

女曰鸡鸣，士曰昧旦。

子兴视夜，明星有烂。

将翱将翔，弋凫（fú）与雁。

弋言加之，与子宜之。

宜言饮酒，与子偕老。

琴瑟在御，莫不静好。

知子之来之，杂佩以赠之。

知子之顺之，杂佩以问之。

知子之好之，杂佩以报之。

出自《诗经·国风·郑风》

昧旦，天快亮。视夜，察看天色。明星，启明星。弋凫，射野鸭。

妻子说："鸡叫了"。丈夫说："天还没亮。"妻子说："你看天色，看启明星有多亮！飞鸟空中飞，快去打野鸭和大雁！"

黎明熹微，妻子说听到了鸡叫声，提醒丈夫该起床了。但丈夫还赖着不起，说："天还没亮呢。"妻子起身看看窗外，说东方的启明星亮了，鸟儿们在飞了，该起来去打猎了。

这是一位勤劳贤惠的妻子，自己早起，也希望丈夫能早点起床。而丈夫呢，懒床了，赖着不肯起来，嘴硬说天还没亮，不肯起来。丈夫耍赖，说明妻子平日对他疼爱，亦可见他对老婆的贪恋，耽耽于温柔乡中……

加之，射中野鸡和大雁。宜，美味可口。御，弹奏。

丈夫起床了，打来了野鸭和大雁，对妻子说："给你。"妻子拿去做美食。然后，两人同举杯，互诉心声，相互陪伴到白头，你鼓瑟来我弹琴，这样的生活多么宁静美好！

丈夫打来野味，夫妻二人共食，美酒美味，酒酣情亦浓，互诉情话，说好不离分，这样一直到老。琴瑟和鸣，共度宁静岁月。

"琴瑟在御，莫不静好"，男主外女主内，你唱我和，和谐美满，生活平安静好，所谓幸福的生活，不过如此。只是，这样的美好对许多人是一种可望而不可及的奢侈。民国时的胡兰成，也曾给张爱玲许诺说："愿岁月静好"，但结果，他不仅没能给她一份静好的生活，还导致了她后半生的颠沛流离。

来，勉励。杂佩，身上佩带的珠玉制成的装饰品。问，赠送。

我有感于你对我的勉励，我以佩玉赠送你；我有感于你对我的温顺体贴，我以佩玉慰问你；我有感于你对我的疼爱，我以佩玉报达你。

这是丈夫对妻子说的，妻子对他的爱、关勉和温顺，他怎能无动于心？有这么好的一位妻子，他深深感动，也庆幸。那么，拿什么回报她呢？送她一块玉吧！其实，小小一块玉又怎能表达自己的情意呢？只不过聊表寸心。他明白，他对妻子最好的回报，应是回报给她更多的爱！女人，除了爱，还能要什么？有了爱，让她做牛做马都乐意！

《毛诗序》说："刺不悦德而好色也。"不免有些牵强。方玉润《诗经原始》则认为"此诗人述贤夫妇警戒之辞"。我们认为它描写了一对恩爱夫妻相敬如宾，和谐相处，对酌共饮，彼此珍惜，温馨幸福，尽享天伦之乐的情景。

　　鸡叫了，夜待旦，妻子催丈夫起床去打猎，夫妻勤劳共持家；打来猎物做美食，夫妻同享举杯，说好相偕到白头，琴瑟和鸣，和谐美满，夫妻恩爱享天伦。丈夫感于贤妻之德，送她美玉表心意，夫妻相敬如宾，你侬我侬，情深意长……从此，"琴瑟在御，岁月静好"成为天下夫妻最美的向往，成为人间最美的风景。

　　婚姻中最美的，就是琴瑟和鸣，相濡以沫，白头偕老。而这，并非易事，它需要两情相悦的爱情，彼此懂得；需要彼此负责，甘苦与共，不离不弃；需要同心协力，经营家庭，创造美好生活；还需要彼此尊重，相敬如宾。如此，爱能深长，家能和美，人生才有幸福。

　　爱情或者容易，而婚姻很难。爱情只需两颗心碰出火花，而婚姻还需要经营的智慧。好夫妻不只有爱情，更有共同的理念，那就是：彼此尊重、一起弹奏、共同经营的意只和自觉行动。否则，何来"琴瑟和鸣，岁月静好"的幸福生活？

　　什么样的生活状态最好？不是富贵，不是成功，而是现世安稳，夫妻恩爱，安享天伦。不幸的是，很多人难得这样的福分，很多人身在福中不知福，很多人兜兜转转，当化得不偿失后，才明白这个道理。真希望所有人都懂得初衷不改、返璞归真的道理。

有女如云，匪我思存·出其东门

出其东门，有女如云。

虽则如云，匪我思存。

缟（gǎo）衣綦（qí）巾，聊乐我员。

出其闉阇（yīn dū），有女如荼。

虽则如荼（tú），匪我思且。

缟衣茹藘（rú lú），聊可与娱。

出自《诗经·国风·郑风》

匪，同非，不是。聊，姑且。

我走出东城门，美女多如云。虽然美女多，却都不是我的心上人。我心所系的，只有那位衣着朴素的妻子，只有她才能让我心快乐。

他是一位专情于妻子的男人，见到众多美女而心不乱，心上念念的是自己那素面朝天的糟糠之妻。都说男人就是馋嘴的猫，哪有不尝荤的。这个男人能做到不为女色所诱惑，也实属难得了。他能做到这些，一定不是没有爱美之心，一定不是就喜欢妻子素面朝天，而一定是能欣赏妻子朴素外表下的美德：朴素自然，与他甘苦与共，相濡以沫。而妻子这内在的美，又岂是那些红颜脂粉所能比的？

而妻子，能跟他甘苦与共，朴素节俭，除了人品好，更因为对他有爱。因为爱，所以与他共患难，放弃自己作为女人的爱美之心。当然，她不施粉黛，除了素心淡泊，安于平凡，更因为有一份自信——不怕老公不爱自己，相信他不会以外表取人，所以她不必为悦己者容。

闉阇，城墙的重门，这里指城门。荼，白茅花。茹藘，茜草。

城门外的美女美如白茅花，秀色可餐，在他眼前纷纷走过，但他丝毫不为所动，心上想的，依然是自己的糟糠之妻。他明白，这些美女，只能养养眼，而不是自己的心上人。而家里的那位妻子，虽然不施粉黛，没有华丽服饰，却与自己心有灵犀。他知道，她最适合自己，也最能满足自己的需要。她无可替代，是他的唯一，是也的宝。

之所以对妻子如此一往情深，忠贞不二，都是因为他对妻子的爱情是唯一的，不可替代的，所以纵然美女如云，但他只爱家中那位朴实的妻子。

《毛诗序》认为此诗"兵革不息，男女相弃，民人思保其室家焉"。朱熹《诗集传》谓："人见淫奔之女而作此诗。以为此女虽美且众，而非我思之所存，不如己之室家，虽贫且陋，而聊可自乐也。"《诗三家义集疏》认为："诗乃贤士道所见以刺时也，而自明其志也。"余冠英《诗经选》云："东门游女虽则'如云''如荼'，都不是我属意的，我的心里只有那一位'缟衣綦巾'装饰朴陋的人儿罢了。"后者当切诗旨。

最好的夫妻，就是相濡以沫，同甘共苦，贫富共担，因为有彼此的深情、忠诚和信任，不必担心哪一个会红杏出墙，移情脱轨。

真正的爱，直指心灵，彼此间的相通与欣赏皆来自内在，不在外表，不因容颜和外在的变化而变化。他如果爱你，无论富贵与贫穷，无论疾病与健康，都会与你相伴随。所以，真爱，不只是爱一个人，更是坚持一种信仰。

虫飞薨薨，与子同梦·鸡鸣

鸡既鸣矣，朝既盈矣。
匪鸡则鸣，苍蝇之声。

东方明矣，朝既昌矣。
匪东方则明，月出之光。

虫飞薨薨（hōng），甘与子同梦。
会且归矣，无庶予子憎。

出自《诗经·国风·齐风》

　　老婆说："鸡叫了，上朝官员都到了！"意思是你该起床上朝去了。老公说："不是鸡在叫，是苍蝇嗡嗡声！"他还想赖在床上不起来。

　　由夫妻间凌晨的简单对话，可知妻子是位贤妻，她及时提醒丈夫起床上班。而丈夫，则像个懒床的孩子，迟迟不愿意起来，还要赖说妻子听到的不是鸡叫，只是苍蝇在叫。男人大概就是长不大，总像个孩子，尤其在床上，在老婆面前。这对夫妻应该是感情十分好的。否则，丈夫不会这么懒床。

　　丈夫迟迟不起床。妻子又催促："东方天亮了，朝堂官员站满了！"意思你还不赶快起来，否则人家下班了你还没到呢。丈夫却依然要赖说："不是天亮了，那只是明月光！"听听，这丈夫也够赖皮的。或许他十分享受这温柔乡的幸福，所以耽耽其中；或许他是累了，只想躲在家里享受"老婆孩子热炕头"的天伦之乐。无论如何，这个家是他依恋的港湾。

无庶，但愿。庶，希望。予子憎，怪罪我和你。

大概看老婆生气了，丈夫就说："夜虫还在嗡嗡飞，只想与你共好梦！"他留恋这温柔乡的幸福，也厌烦上朝的虚伪。都说春宵一梦值千金，人生快乐他怎么不懂呢？什么事业，功名，都让它见鬼去吧！此刻，他只想守着老婆在家睡觉，这是他此刻最大的需要。所以，他就让自己活在此刻，享受当下。因而，他要赖不承认天亮了，说夜虫还在飞。虽然他在抵赖，但他后面的一句"甘与子同梦"，说只想与妻子共枕眠，想必，做妻子的，纵然对丈夫懒床有再大的不满，听到这句也会心上窃喜吧！哪个女人不喜欢丈夫这么留恋自己呢？

果然，妻子听到丈夫这深情的一句话后，不再催促了，只说："上朝的官员们估计都快散了，但愿人们不会怪罪我！"面对这么一个依恋自己的丈夫，纵使贤妻，也难免不在幸福中纵容他——纵容他留在自己身边，两人共享好时光。哪个女人不想有丈夫陪伴呢？只是出于理智，不能耽耽其中，丧失了男儿志向。还有，一大家子人还要吃饭呀，毕竟床上的小慵懒和谈情说爱，不能代替做事吃饭。

妻子无奈，只好弱弱地说一句：但愿别人不要责怪我。意思是，不要说我不贤惠，让丈夫天天沉湎在温柔乡……

虽然她愿意丈夫如此留恋自己，但她是一位遵守礼教的贤妻，不仅要求自己对丈夫负责，督促化工作，而且她也在乎自己的名声，不能让床帏之事影响了丈夫的前途，自己的名声。

本诗表现方法独特，以对话展开情节，节节相连，直到高潮。节奏明快，寓庄于谐，一庄一谐，妙趣横生。写出了情节，写出了故事，给人印象深刻。

夫妻一唱一和,一个正面,一个反面,一个哄劝孩子似的,一个则孩子似地要赖,情趣盎然。而这种夫妻间的戏谑之乐,实则体现了他们的恩爱情深和家庭之乐。对此,钱钟书《管锥编》说:"作男女对答之词,饶情致。"的确如此。

《毛诗序》认为此诗是"思贤妃也。(齐)哀公荒淫怠慢,故陈贤妃贞女夙夜警戒相成之道焉"。朱熹《诗集传》云:"言古之贤妃御于君所,至于将旦之时,必告君曰:鸡既鸣矣,会朝之臣既已盈矣,欲令君早起而视朝也,故诗人叙其事而美之也。"方玉润《诗经原始》认为:"此正士夫之家鸡鸣待旦,贤妇关心,常恐早朝迟误有累慎德,不惟人憎夫子,且及其妇,故尤为关心,时存警畏,不敢留于逸欲也。"

鸡叫了,天明了。一夜欢爱使人醉,丈夫懒床了。妻子劝慰:该上朝了,不可留恋枕席。丈夫耍赖:不是鸡叫,是苍蝇在叫;不是天亮,是明月光。甚至得寸进尺:夜虫还在飞鸣,不如你我再美美睡一觉!妻子嗔怪:要散朝了,再不起床,人们要骂我了……贤惠的妻子跃然纸上,夫妻恩爱生动呈现。

最好的夫妻,既有两情款款的深情,又有打情骂诮的戏谑。生活如此平淡,家庭琐屑不断,早已淡化了爱情的甜美刺激,但聪明的夫妻不会让爱归于平淡,他们善于经营感情,增加情趣,为生活加点味精,所以感情越煮越浓,爱情对他们来说,不是婚姻里遥不可及的奢侈。

终鲜兄弟，维予与女·扬之水

扬之水，不流束楚。

终鲜兄弟，维予与女。

无信人之言，人实诳（kuáng）女。

扬之水，不流束薪。

终鲜兄弟，维予二人。

无信人之言，人实不信。

出自《诗经·国风·郑风》

悠扬的流水，冲不走成捆的柴薪。我没有兄和弟，只有你。你千万不要听信别人的话，他们其实在骗你。

她没有兄弟，娘家没人撑腰，只有靠丈夫的保护，所以对丈夫很依赖。但她又怕丈夫听信别人的谗言，影响了夫妻的感情。她以此告诉自己对丈夫是忠诚的，别人的话不足信。

也许她曾经得罪了某些人，以至有人说她的坏话；也许她曾与另外一个男人有过故事，以至怕过去的经历影响了今天的婚姻。或许，她的丈夫疑心她对自己的忠诚；或许她的丈夫告诉她有人说她的闲话。总之，她这么说应该是极不自信的，起码对自己的爱情缺乏自信，生怕失去他。或者说，她爱得太谦卑，失去了自信和自我，完全依赖了丈夫。

夫妻一旦结合，如同柴草捆在一起，从此命运相连，休戚与共。她反复对丈夫说：我没有兄弟，只有依靠你了。你不要听信他人的话，别人的话不足信。

她反复向丈夫表白忠诚，告诉他她完全属于他，也完全依赖他。这样的一个妻子，值得信任，不必听别人的闲话。

悠然流水，冲不走束薪。你我既为夫妻，如同这束薪，从此彼此相依，命运与共。岁月如流，甘苦相依，流不走我对你的深情。我平生无兄无弟，只有你这个我至爱的男人相依。我对你忠贞不二，你可千万别听信谗言，怀疑我对你的爱情。

《毛诗序》认为此诗是"闵无臣也，君子闵忽之无忠臣良士，终以死亡，而作是诗也"。朱熹《诗集传》认为："淫者相谓。"闻一多《风诗类钞》认为："将与妻别，临行劝勉之词。"

爱，源于彼此欣赏并懂得，彼此相爱；爱，要求两颗心更紧更深地靠近，容不得半点疏离。但毕竟是两个人两颗心，所以爱情路上，误解频繁，彼此伤害，反反复复，磨合不断。于是，爱在磨合中走向两极：要么爱得更深，难舍难分；要么彼此难容，结束爱情。

爱情需要浓情蜜意，你侬我侬，但更需要尊重和信任，给彼此足够的空间和距离。粘乎不断的爱，未必长久；有缝隙的爱，更加弹性持久，经得住考验。真爱不只是感情好，更有对这份感情的自信和信任。

九章

恨别长久
我在呼唤你

采采卷耳，嗟我怀人·卷耳

采采卷耳，不盈顷筐。

嗟我怀人，寘（zhì）彼周行。

陟彼崔嵬（cuī wéi），我马虺隤（huī tuí）。

我姑酌彼金罍（lěi），维以不永怀。

陟彼高冈，我马玄黄。

我姑酌彼兕觥（sì gōng），维以不永伤。

陟彼砠（jū）矣，我马瘏（tú）矣！

我仆痡（pū）矣，云何吁（xū）矣。

出自《诗经·国风·周南》

采采卷耳，采摘卷耳菜。寘，放置。周行，大道。

她在采摘卷耳菜。可是，采啊采，筐还是不满。为什么？因为心不在焉，心中思念远行人。一片伤心，百无聊赖，干脆把竹筐放在路边。

丈夫游行在外，在家留守的她，无时无刻不在思念着他，他走了，也带走了她的心。爱一个人是什么？就是心灵不再孤单，但从此多了一份牵挂，一份劳心。

瘏瘏，疲乏而生病。金罍，青铜酒杯。

她登上高高的山岭，引颈远望，望眼欲穿，却看不到思念的人儿。他此刻在哪里呢？苦吗？累吗？想必，他每天马不停蹄地奔波，马儿也劳累生病了。想必他也想家吧？也在想我吧？那么，他的愁苦也与我一样吧？孤独寂寞，百无聊赖。可他只能独自斟上一杯酒，借酒浇愁吧……

思念中，她并不说自己有多苦，而是想到了丈夫的苦，想象着他的各种苦：他的奔波劳累，他的寂寞愁苦……她是如此设身处地，善解人意，一定是一位善良贤惠的妻子——她爱他胜过爱自己。

钱钟书认为此写法很高妙，他在《管锥编》说："以先写妇人，后写丈夫，即'花开两朵，各表一枝'的写法。"

砠，土山。瘏，积劳成疾。痡，疲困不能走路。

想到丈夫在外面的苦，她思念中更增加了一份焦虑。她登上小山岗，又登上土山，继续想象着丈夫在外的情景：他的马儿一定积劳成疾，他的随从也一定累得无力行走了。那么，他该多苦啊。她想象着丈夫疲惫不前，借酒消愁的场面……

她越想越担忧，焦烦不已，忧戚惶惶。

如此，她那竹筐，怎么能装满呢？

《毛诗序》认为此诗是言"后妃之志"，朱熹《诗集传》谓："此亦后妃所自传，可以见其贞静专一之志也。"表达对爱情的忠贞不二。

本诗可谓怀人诗之祖，后世有徐陵《关山月》、张仲素《春归思》、杜甫《月夜》、王维《九月九日忆山东兄弟》、元好问《客意》等，都在抒写离愁别绪、怀人思乡的诗歌名篇时　回首寻味着《卷耳》的意境。

思妇怀人，深情隽永。女人的世界里，丈夫是她的天，她的全部。心爱的的人离开家的那一天，也带走了她的心。她挎着竹篮，采摘卷耳菜。但终是心不在焉，神思飞走，想起离家在外的丈夫，惆怅满怀……

思念又牵挂，爱的思绪无边：他孤身在外，一定很辛苦，能照顾好自己吗？丈夫登高爬坡，奔波劳顿，人困马乏，思念家人，忧愁满怀……想到这些，妇人心疼难耐，心中溢满忧思。

因为相爱，相离心更近，离家心不远。有心相守，家就在，情更深。妻子一往情深，丈夫不离不弃。无论他走多远，她守着家，家系在他心里。

未见君子，惄如调饥·汝坟

遵彼汝坟，伐其条枚。

未见君子，惄（nì）如调饥。

遵彼汝坟，伐其条肄（yì）。

既见君子，不我遐弃。

鲂（fáng）鱼赪（chēng）尾，王室如毁。

虽则如燬（huǐ），父母孔迩。

出自《诗经·国风·周南》

坟，堤岸。惄，忧愁。调，通"朝"，早晨。

她沿着汝水河堤走，边走边砍下树上的枝叶，边想着夫君——好久不见他了，心里忧愁又空阔，好像早上没吃饭。

她在心中呼唤：夫君啊，你何时能回还？你听到我的呼唤了吗？你还念着我吗？千万别移情别恋了啊！想到此，她心上更忧愁。丈夫不在她身边，她终究怕中间有别的女人插足他们的感情……

肄，新生的枝条。遐弃，远离。

河水悠悠，开始涨起了；河柳依依，又酿出了新枝。一年又一年，新春又回，可还是不见丈夫回还，她的思念如春潮，如春草一样疯长……

没想到，此时，他的夫君回来了！并没有离弃她！虽然不再像当初那样，把她当成宝，但毕竟对她有一份无可替代的深情。为此，她已经心满意足了，深感庆幸，庆幸丈夫没有离弃自己。

她当然爱他，全身心交付并依赖他。而他，或许不再像以前那样宠爱她，但毕竟不离不弃糟糠之妻，也算是情义之男。夫妻之间，激情不会永远，爱情也会日益平常，有这份转化为亲情的深情，亦足矣！

鲂鱼，鳊鱼。煨，焚烧。

每每看到河里的红尾鲂鱼，成双成对，真让人羡慕啊，心中不觉又思念夫君。可是，王室的命令如火急，他不出去应命也不行啊！而自己呢？不得不独守空房，同时也要侍奉好公公婆婆。

这是一位通情达理、孝敬长辈的贤妻。夫君离家在外，她理解他有公事在身，完全承担起家里的责任：相夫教子，孝敬公婆，以解夫君的后顾之忧。这个，是她自觉自愿的行动。而能够这么做，自然源于她对夫君的爱。为了这份爱，所有的孤独和辛苦都不以为苦，而能苦中作乐。

想必，做丈夫的，正是因为看到妻子贤淑的美德，才不离不弃吧！

《毛诗序》说此诗"文王之化行乎汝汶之国，妇人能闵其君子，犹勉之以正也"，赞美的是贤妻良母的好妻子形象。朱熹《诗集传》谓"伐其枚而又伐其肄，则踰年矣。至是乃见其君子之归，而喜其不远弃我也"，感念丈夫惜念旧情，不离不弃。

女人天生为爱而生。他在哪里，她的心就在哪里。丈夫服役在外，留守在家的妻子，日里夜里，忙里走里，无时不在思念丈夫。看水中成双的鱼儿，更惹思情。女人在思念中慰藉寂寞，体味爱情的滋味。

嫁鸡随鸡，以身相许，自从嫁给他，从未想过分离；自从嫁给他，就想长相厮守。爱情在坚持中日益淳厚，日益坚贞。

从女儿到女人，由爱情到婚姻，多了成熟，也多了责任。忠贞的女人，自觉会爱屋及乌，遵守妇德，相夫教子，服侍翁婆，让丈夫无后顾之忧。

未见君子，忧心忡忡·草虫

喓喓（yāo）草虫，趯趯（tì）阜螽（zhōng）。

未见君子，忧心忡忡。

亦既见止，亦既觏止，我心则降。

陟彼南山，言采其蕨。

未见君子，忧心惙惙（chuò）。

亦既见止，亦既觏止，我心则说（yuè）。

陟彼南山，言采其薇。

未见君子，我心伤悲。

亦既见止，亦既觏止，我心则夷。

出自《诗经·国风·召南》

草虫，蝈蝈。阜螽，蚱蜢。觏，同"遘"，相遇。

蝈蝈喓喓，在草间鸣叫，蚱蜢趯趯，振翅蹦跳。久不见我的郎君，心里忧愁不安。相思如水，佳期如梦，有多少个日子，她心中憧憬想象着与丈夫的重逢：他来了，这些烦恼都消除，四目相对，两情款款，相依偎……那时，她的心里安定踏实。

秋天到了，万物丰茂，草虫鸣叫，妇人思念出门在外的丈夫，并美滋滋地想象着夫妻间的浪漫重逢……

一个"觏"字，道出他们的重逢，是情感和情欲的双重满足，而且在此之前，他们已经有过鱼水之欢。《易》曰："男女觏精，万物化生。"当然，作为一个成熟女性，她的思念里，有情感的呼唤，也有情欲的渴望。他们一定共渡过美好时光，让她感受到作为女人的幸福，这幸福让她铭心难忘。此刻，她寂寞难耐，经受着情感和生理上的煎熬，切切呼唤着他的到来……

蕨，地皮上生长的菌类野菜。下面的薇，是一种野豌豆菜，嫩苗可食用。

她登上高高的南山，采摘鲜嫩的蕨菜。极目远望，秋高气爽，大雁南飞，一片寥阔，不觉又思念好久不见的郎君，心里忧伤凄惶。眼前虽然孤独，但她心中充满期待，期待重逢的日子：他来了，这一些烦恼就都能消除，两情款款喜相遇……那时，她的心里充满欢喜甜蜜。

因为思念他，她心中忧闷，登上高山，采摘野菜，只是心不在焉，思念终难扼止。

不见夫君，心中忧愁，只有见到他，心灵才能得到安静安慰。所有的思念和孤独，都转化为重逢的想象，以此自我安慰。只是，美好的想象，终归只是空想——他还没有归来……

在美好的秋色和想象中，所有的情感基调又回到寂静和落寞里……

《毛诗序》认为此言是"大夫妻能以礼自防也"。朱熹《诗集传》："南国被文王之化，诸侯大夫，行役在外。其妻独居，感时物之变，而思其君子如此。亦若周南之卷耳也。"

秋日近，蚂蚱飞，思远人。登高采薇，天高意远，北雁南归，更增相思，切盼远人归。久别不见，心中无限惆怅，只有付于长天；心中无限寂寞，无人来安慰，只有付于想象的自慰，期盼他能早早归来。

女人的最大心事是什么？无非是思念男人。婚后的女人，心里惦念的，元非是丈夫。丈夫离家，她的心跟着他走。终其原因，是因为女人天生需要爱，需要男人陪，没有爱，没人陪，她就百无聊赖，草虫叫，蚂蚱飞，天高云淡，等等，都会让她触景伤情，想起心上人。古代女人这样，今天的所谓独立女人又何尝不是？

登上高山，望远解忧吧，思情更悠悠；采摘野草，干活儿移情吧，他的影子又出现。才下眉头，又上心头。心里眼里全是他。没他的日子怎么过？心不宁。只有见到他，心才安宁，生活才幸福。

只有爱的滋润，女人才彰显出女性的本真；只有在一份稳定的爱和幸福里，女人才呈现出她最大的美丽。一个安静、安祥，对世界的喧嚣视若无睹，安于自己小日子的女人，一定是一个幸福满足的女人。

振振君子，归哉归哉·殷其雷

殷其雷，在南山之阳。
何斯违斯，莫敢或遑。
振振君子，归哉归哉！

殷其雷，在南山之侧。
何斯违斯，莫敢遑息。
振振君子，归哉归哉！

殷其雷，在南山之下。
何斯违斯，莫或遑处。
振振君子，归哉归哉！

出自《诗经·国风·召南》

阳，山的南面。何斯违斯，为何说离开此地就离开呢？或，有。遑，闲暇。处，安居。

雷声殷殷，在南山的南面响起。你啊你，为何说走就走了呢？不敢有片刻闲暇。我那勤奋上进的夫君啊，快快回还！

雷声轰鸣，山雨欲来，催人赶快把家还。此刻，妇人又想起出门在外的丈夫。想到不久前，他还在自己身边，不想说走就走了，没有片刻的停留，留下她独守空房，想到此真有些幽怨。可他那么勤奋上进，为了前途所做的这个选择，自己作为他的妻子怎能不理解支持呢？只希望他能早一天回还。她这么想着，思念也越来越浓……

雷声又响起了，到南山的边上了。他说走就走，没有片刻犹豫。想到丈夫的勤奋上进，她心里纵有万般不舍，也要放他走啊，只愿他能早日归来。她心里呼唤：我在家等着你，千呼万唤，快快归来！

雷声又到南山脚下了。他说走就走，没有片刻留恋。她知道他那么勤奋上进，必须要走的。他走了，也带走了她的心。她无时无刻不在思念着上进的丈夫，希望他早日归来！

雷声不断移动位置，时间在不断推移，风雨欲来，她心里的波澜，也在起伏不断，担忧丈夫在外风吹雨打，行役辛苦，又自怜独守空房，寂寞难耐，心有怨气但又无可奈何——因为丈夫是个上进的人，他去奔赴自己的前途，作为妻子，就要理解支持，忍耐这份寂寞。而想到丈夫的勤奋执着，她越想越喜欢，思念也越强烈，以致心里忘情呼唤：快快归来！

她善解人意，理解并支持丈夫的事业追求。但她同时也是一个小女人，她也渴望男人的爱和陪伴。所以，理解归理解，终是难耐寂寞。如果让她选择，她宁愿选择丈夫是个平凡人，与她日夜相守。

《毛诗序》认为此诗"劝以义也。召南之大夫远行从政，不遑宁处，其室家能闵其勤劳，劝以义也"。姚际恒《诗经通论》说"按诗'归哉归哉'，是望其归之辞，绝不见有'劝以义'之意"。朱熹《诗集传》谓："南国被文王之化，妇人以其君子从役在外，而思念之。故作此诗。言殷殷然靁声，则在南山之阳矣。何此君子独去此，而不敢少暇乎。於是又美其德，且冀其早毕事而还归也。"

雷声响起，山雨欲来，女人思情又起。丈夫行役在外，是否在经受风吹雨淋？怎不叫人牵挂？丈夫才刚在家，何时已离去？留下她一人，独守空房，怎不寂寞？

丈夫总是那么忙，说走就走，没有片刻停留，没有片刻闲暇。虽说不想你走，可你的勤勉，你的忠厚，让人多么欣赏，爱你更要无条件支持你。可是，女人那颗寂寞的心啊，还是要呼唤你，我的郎君：早早回来，早早归家，还我幸福团圆！

女人最怕寂寞，且寂寞是必然的，即使婚后，也难免。倘若嫁给一个有事业心的忙碌男人，寂寞的煎熬就更不能免。所以，女人除了学会忍受寂寞，还要力戒在寂寞中变成怨妇。

执子之手，与子偕老·击鼓

击鼓其镗，踊跃用兵。
土国城漕，我独南行。

从孙子仲，平陈与宋。
不我以归，忧心有忡。

爰居爰处，爰丧其马。
于以求之，于林之下。

死生契阔，与子成说。
执子之手，与子偕老。

于嗟阔兮，不我活兮。
于嗟洵兮，不我信兮。

出自《诗经·国风·邶风》

土国，在都城内修筑工事。城，筑城墙。漕，地名，今河南滑县东南。

战鼓敲起镗镗响，士兵踊跃练刀枪，筑起城墙保城池。我独自南行上沙场。

战士应征入伍，离开家园上战场。一个"独"字，透出对家的不舍，以及军旅生活中想家的寂寞。

孙子仲，人名，卫国将领。平，和好。他跟随将军孙子仲，联合陈国与宋国打仗。因为兵役，难以回家乡，想家，想她，为此忧心忡忡……

军旅生活异常艰辛。往往日夜行军，风餐露宿，无处栖身。有时，突然找不到自己的战马了，它在哪里？东找西找，到那树木里找去。如果找不到，只好徒步而行，其苦可想而知。每当这时，怎么不想家，不想她呢？

想到她，想到人生之生死聚散无常，不由悲从心起。想到，他曾与她立下誓言说："今生无论生死聚散，我都会拉紧你的手，与你相伴到白头。"而自己此刻行军在外，不能陪她，真是羞愧难当。爱妻啊，希望你原谅我，相信我回家以后一定与你长相厮守。

美好的爱情，无不是"执子之手，与子成说"，心领神会，体贴温存，浪漫多情。美好的婚姻，无不是"执子之手，与子偕老"，无论贫穷富贵，疾病还是健康，都能相濡以沫，风雨共担，偕手同行，白头到老。从爱情到婚姻，一直是"执子之手"。人生，有一个人，一直拉着自己的手同行，是最大的幸福。只是，世上并非每个人都有这样的幸运。

"执子之手，与子偕老"给人的感觉，既切近又遥远，因平常而切近，因难抵而遥远。

有句话说："温柔乡是英雄冢"，虽然如此，英雄也有儿女情长。每当花好月圆，良辰美景，孤身在外的铁血男儿也会想起梦中的她……

阔，相距遥远，天各一方。洵，同"敻"（xiòng），遥远。信，信守誓言。

他想她，心中对她说：我的女神，我想你啊，无时无刻不在想你。但无奈我们相隔遥远，天各一方，是天不遂愿啊。不是我不守誓言，是因为我们相隔万里，上天不让我守信哪！

想到此，他锥心刺痛，思念更剧，只愿这样的心声能被她听到，只愿这样的感叹能救赎自己对妻子的愧疚和不安，也聊解对她的相思之情。

这是一个铁血柔情好男儿，战场上他英雄杀敌，行军之余思念妻子，为不能陪伴她，不能信守誓言而不安……

在这样的情境中，我们可以想象，这位大丈夫，一定会在无人处，在思念中，流下辛酸的泪水。都说"男儿有泪不能弹"，当一个男人却了柔情时，有泪未必不男儿。

《毛诗序》以为此诗："怨州吁也。卫州吁用兵暴乱，使公孙文仲将而平陈与宋，国人怨其勇而无礼也。"这不免牵强。朱熹《诗集传》说："从役者，念其室家。因言，始为室家之时，期以死生契阔不相忘弃，又相与执手，而期以偕老也。"方玉润《诗经原始》："此戍卒思归不得诗也。"后二说切近诗旨。

好男儿志在四方，自当保家卫国，但侠骨英雄也有柔情泪。身在沙场，不能回乡，生死不明，让人思乡更切。想到与妻子白头偕老的誓言，更生伤感。身在外，心在家。我们天各一方，相隔万里，望眼欲穿，不能相守，难践诺言，真让人痛不欲生。

最幸福的婚姻，莫过于夫妻相守相携，同心到白首，彼此是心里永远的宝。人生有聚散生死，际遇总无常，但只要身边有个他（她）相伴，就永远不会孤单，活得有滋有味。从此，"死生契阔，与子成说。执子之手，与子偕老"，成为每个人心中的幸福理想。

最动人的爱情，不是惊世骇俗，感天动地，而是细水长流不离不弃的爱情；天下最美的风景，莫过于夕阳下，一对白头老夫妻相扶相携而行。只是这样的幸福不是每对男女能有幸拥有的，很多人爱了又爱，婚了又婚，却找不到从一而终的爱情和婚姻。

展矣君子，实劳我心·雄雉

雄雉于飞，泄泄其羽。
我之怀矣，自诒伊阻。

雄雉于飞，下上其音。
展矣君子，实劳我心。

瞻彼日月，悠悠我思。
道之云远，曷云能来？

百尔君子，不知德行。
不忮（zhì）不求，何用不臧（zāng）。

出自《诗经·国风·邶风》

雄雉，是一种雄性的野鸡，尾巴长而艳丽，而雌性的则身材矮小，尾巴也短，毛色暗淡。这和雄性野鸡个性好斗，善于行走，不能久飞，其肉可食，羽毛可作装饰品。泄泄，缓飞的样子。

雄鸡展翅飞翔，羽翅缓缓地起舞。她心中又想他了，这思念啊，自从与他分开的那一刻起，就没有停留过。

　　雄性野鸡展翅飞，嘈嘈而鸣，它分明是在求偶呀！很快，它找到了自己的伴侣，雌雄双飞，多么快乐！她触景生情，想起心上人，心里呼唤：我那笃厚的郎君啊，你这一走，让我好牵挂！我天天想你，想得好辛苦！展，在这里指男人厚道诚实。

　　世上什么最累？不是干活儿营生，而是心里思念一个人。心劳伤神，催人老。青春的女人怎么能受得了？

　　日复一日，她仰视日月，一天天过去，不见远人归。此情悠悠，满腹相思，向谁说？可是，路途漫漫，不能抵达，不知他何时返家乡？

　　在思念的日子里，红日圆月不再是风景，徒增烦恼；在相思的日子里，她寂寞难耐，心事无从寄，只有喟然长问：郎君啊，你何时归？都说相爱的彼此间，心有灵犀，只愿这思念，能直抵你心里……

　　百尔，众多。忮，嫉妒。

　　想到夫君，她心生感叹：那些所谓的君子，有几个知道什么是真正的德行？而我的夫君，他不妒不贪，淡泊寡欲，本应受到重用。可为何偏偏没有好运气呢？

　　虽说寂寞难耐，但想到夫君出门在外，是为了事业打拼，作妻子的她也十分理解。于是，这思念最终转为理智。她感叹丈夫德才兼备，远远高过众人，但却怀才不遇，郁郁不得志，所以命运多舛，劳顿不停。她为丈夫感到愤懑不平……

　　她欣赏并懂得丈夫，她不会一味耽耽于思念和无聊的寂寞。这样的女人，必然是一位能分担能帮助丈夫的智慧女人；这样的女人，既可为爱人，亦可为知己朋友。他德才兼备，人品磊落，她温柔智慧，善解人意，实为良配。

　　《毛诗序》认为此诗"刺卫宣公也。淫乱不恤国事，军旅数起，大夫久役，男女怨旷，国人患之而任是诗。"郑玄《笺》也说："国人久处军役之事，故男多旷，女多怨也。男旷而苦其事，女怨而望其君子。"朱熹《诗集传》也认为："妇人以其君子从役于外，故言雄稚之飞，舒缓自得如此，而我之所思者，乃从役於外，而自遗阻隔也。"

　　漂亮野鸡振翅飞，声声啼叫呼唤伴侣。留守的妻子，思念远役的丈夫。那个诚实忠厚的夫君，真叫人挂念。一天又一天，不见远人归来。仰天望日月，长天万里遥，悠悠柜思远，思念远行人。心心念念为了他，可是他何时能回来？

　　想他，想他的好，磊落君子，不怯不求，诚实厚德；想他，想他对自己的好，曾经的花前月下温馨甜蜜，嫁给如此好郎君，何其有幸；想他，更有对他的牵挂，他人品端方，诚实忠厚，不妒不贪，如此正人君子，他会不会受到排挤，会不会吃亏？否则，如何被远役在外？想到此，真为丈夫鸣不平……

　　爱一个人，是情感上的互相愉悦和依恋，是心灵上的深刻理解和欣赏，是生活中的贴心关爱与照顾。爱一个人最高的境界，是心甘情愿地付出，把自己的爱无私地给他（她），为之喜，为之忧，为之流泪。心爱的人不在身边，情感上的饥渴付诸于深情的思念，生活中的关爱付诸于劳心的牵挂。

岂无膏沐，谁适为容·伯兮

伯兮揭（qiè）兮，邦之桀兮。

伯也执殳（shū），为王前驱。

自伯之东，首如飞蓬。

岂无膏沐？谁适为容？

其雨其雨，杲杲（gǎo）出日。

愿言思伯，甘心首疾。

焉得谖草？言树之背。

愿言思伯。使我心痗（mèi）。

出自《诗经·国风·卫风》

伯兮，指女子呼唤丈夫。揭，勇武。桀，杰出。殳，古代杖类兵器。

夫君啊，你真勇武，乃国家之栋梁。你出征在外，手持兵器，作大王的先锋。

她思念在外从军的丈夫，并不自怜孤寂，而是充满欣赏地赞美丈夫，赞美他勇武能战，为大军之先驱，是国家栋梁之才。她为有这样的丈夫而骄傲。

都说美女爱英雄，有这样的丈夫，哪个女子不喜欢？有这样的丈夫，但他不在身边，哪个女人不思念？

她终归还是女人。虽然她理解丈夫作为栋梁之才，不可能成天守着她在家里，但还是为他不在身边而寂寞难耐，心中呼唤着丈夫：怎么能不想你呢？自从你离家去东征，我就因为想你想得懒怠梳洗，满头乱发如飞蓬。不是没有发油发水和脂粉，只是，我为谁打扮呢？都说"女为悦己者容"，你不在，我哪还有心思打扮？我怎么能在别的男人面前花枝招展？我的美丽只为你一人绽放！

"飞蓬"二字，用得妙极，生动展现了女子为他消得人憔悴的形象。

寂寞催人老，女人需要爱情的滋润，来滋养美貌；女人需要打扮来悦人悦己，保持青春美丽，且为了他，为了爱，这美貌不要也罢！

她的心已有专属，她的爱只给他一人，她的美丽只绽放给他来看！这是一位对爱情忠贞不渝的女人。

愿言，思念。甘心首疾，形容思念的深切。

下雨了，很快雨过天晴，太阳又出来。眼前一片美景，而她的思念，更加强烈，不可抑止。她心里呼唤他：夫君呀，我想你想得头发晕！

相思成病，憔悴致损。都说动什么也别动感情，因为一旦动了真情，就意味着投入和付出，付出更多的精气神。爱到深处多伤悲。劳心伤神，劳神伤脾，如此日久，岂有不病的道理？所以动什么也别动感情，这不是一桩"好买卖"。但是，人是感情动物，岂有不动感情之理？唯其有情，才有真爱；唯其有真爱，才有这不灭的相思。相思虽苦，但只要有真爱，就自能苦中作乐，付与一生也值得！

谖，萱草，即忘忧草。背，后堂。痗，病。

纵然是相思成病，这思念还是悠悠不断。如此下去，该如何是好？她告诉自己：不要想他了，没用的。可是不行啊，做不到！都说有种草叫忘忧草，哪里有？我怎样能得到它？听说把它种在屋后就可以忘忧，然而怎能得到忘忧草呢?

想你呀夫君,我为你已得了相思病。

那位国之栋梁,你听到妻子的呼唤了吗?但愿她的相思没白费,但愿她不顾美容任飞蓬的付出是值得的。

《毛诗序》:"刺时也。言君子行役,为王前驱,过时而不反焉。"郑玄《笺》:"卫宣公时,蔡人、卫人、陈人从王伐郑伯也。为王前驱,故家人思之。"朱熹《诗集传》:"妇人以夫久从征役,而作是诗。言其君子之才之美如是。"

丈夫英武出众,出征在外,久不还家,留守的妻子日夜思念,懒得梳头,无心化妆。雨后天晴,景色清明,但思念更增。哪里有忘忧草啊,能让我了却这苦恼。可是,思念还是如潮水般袭来,相思成病……

女为悦己者容。女人美容化妆,把自己收拾得干净漂亮,赏心悦目,多是给自己的男人看,讨他喜欢。所以,与其说女人爱美,不如说女人更爱她的爱情,她天生为爱情而生。男人多看一眼,心情为此靓丽一天。

爱一个人,爱得投入,忘了自己,眼里心里都是他,一颗心无条件跟随着他,千里万里相追随;真爱一个人,爱得忠贞不渝,心有专属,以身相许,心无旁骛,别人进不来,眼里心里都只是一个他。

心之忧矣，之子无裳·有狐

有狐绥绥，在彼淇梁。
心之忧矣，之子无裳。

有狐绥绥，在彼淇厉。
心之忧矣，之子无带。

有狐绥绥，在彼淇侧。
心之忧矣，之子无服。

出自《诗经·国风·卫风》

有只狐狸，形单影只地走在淇水桥上，似乎在渴望着配偶。想到他一个人孤单寂寞，我就心中忧愁。不知他有没有衣服裤子穿了？……

做妻子的，在家牵挂着外出的丈夫，忧心他形单影只，孤单无依，无人照顾；担心他缺穿少衣，不能抵御风吹日晒。

担心丈夫人孤单，吃不好穿不暖，担心他无人照顾，为此心心念念，不能放下。不用说，这是一位贤妻良母式的女人啊。

厉，水边的浅滩。

她最怕丈夫孤苦伶仃，无人照顾。不停地想象着他凄然独行在淇水之滨的样子，那情景令她鼻酸；她不停地担心丈夫无人照顾，带去的衣裳、行囊，估计已经破旧，不能穿戴使用了，每想到此她就一阵担忧，为自己不能照顾他而自责。

侍奉照顾好丈夫，为他做衣裳，让他在家舒舒服服，出外穿戴整齐，光彩体面，是每个贤惠妻子的自觉行动。这是好女人爱男人的具体表现。聪明的男人当然明白，他能体会到妻子的细心体贴。

有这样的好妻子在家念念牵挂，那位出门在外的男人，是幸福的。而他，之所以放下爱妻在外打拼，不也是为了她吗？为了让她过上好日子。同样，一个好男人，会为了老婆过上好日子而自觉地在外面拼搏努力。

……

她想他，相思虽苦，但还能忍受，最难受的是，担心他孤独无人陪伴；缺衣少穿，无人为他缝制。这不是自己的失职吗？他离家在外，自己不能侍奉在侧，每每想到这些，她就心生牵挂和自责。

前人认为诗中的"狐狸"，代指鳏夫，诗中的女主人翁，是位寡妇。寡妇希望与他成婚配。如《毛诗序》说："刺时也。卫之男女失时，丧其妃耦焉。"朱熹《诗集传》云："国乱民散，丧其妃耦。有寡妇见鳏夫，而欲嫁之。故託言，有狐独行，而忧其无裳也。"而方玉润《诗经原始》则认为："此必其夫久役在外，淹滞不归，或有所恋而忘返，故妇人忧之。以为久羁逆旅，必至金尽裘敝而难归耳。"再看"心之忧矣，子之无裳"之句，后说当更客观，切近诗旨。

丈夫远役在外，妻子满心思念牵挂，脑海里总是浮现着一副画面：丈夫像一只失群的野狐，形单影只，形影相吊，不停地赶路，跋山涉水，日晒风吹，雨淋雪打，饱经沧桑。他离家时穿的那身衣服，应该早已破了吧？还能穿吗？心中牵挂又心疼。

一个好妻子，不只是爱丈夫，对丈夫事业积极支持，做好他的贤内助，更要对他细致入微的体贴与关心。男人在外面打拼，担子更重，责任更大，辛苦更多，总疏于照料自己。而这些，正是好妻子应该想到做到的。给他的衣服缝上一粒掉落的扣子，为他洗净内裤袜子，是每一个好妻子自觉的份内行为。

　　爱，既是互相欣赏，又是相互付出。在欣赏和付出中互相愉悦，增进感情。爱的所有付出都是无条件的，心甘情愿的自觉行动。一对夫妻，如果经常讲理由和条件，讲付出和回报，那么他们的婚姻和生活必然变得索然无味，日益疏远。

君子于役，不知其期·君子于役

君子于役，不知其期。

曷至哉？

鸡栖于埘（shí），日之夕矣，羊牛下来。

君子于役，如之何勿思！

君子于役，不日不月。

曷其有佸（huó）？

鸡栖于桀，日之夕矣，羊牛下括。

君子于役，苟无饥渴？

出自《诗经·国风·王风》

埘，鸡舍。如之何勿思，如何不思？

丈夫在外服役了，不知归期。她每天都在问：他何时能回来？一天天过去，鸡儿们又进了鸡舍，太阳落山夜幕降临，牛羊们也下山了……而我的丈夫还没回来，叫我如何不想他？

夕阳西下，夜幕降临，动物们下山了，鸡栖息在栅桩……一幅宁静的田园牧歌式画卷。

而她的心里，却丝毫不能平静。这景色于她，只能徒增她的惆怅落寞，让她更加思念远役的丈夫。

后世有许多怀人诗篇，但都少这份天然之趣。清人方玉润《诗经原始》说："傍晚怀人，真情真境，描写如画。晋、唐田家诸诗，恐无此真实自然。"

也许她已经等了好久，也许他离去不久，但男人离开了家，家里就少了主心骨，留守的女人只好在寂寞中等待，在孤独中呼唤，希望远人早日归来……

佸，聚会、相会。桀，同"橛"，鸡栖息的木架。

丈夫服役在外，归来依然遥遥无期。鸡儿们在木桩上休憩了，太阳下山天色暗，牛羊们也下山了。她多么想丈夫突然出现啊。可是，那只不过是空想，越想越寂寞，越伤感。算了，多想无益，但愿他在外照顾好自己，没有饥渴，少受辛苦……

想归想，寂寞归寂寞，还是要回到现实，生活还要继续。自己寂寞不要紧，突然又想到：丈夫在外面不会有饥渴吧？

爱他，想他，就要忍受分别带来的寂寞；爱他，就要为他着想。只要想到丈夫在外面饥一顿饱一顿，饥渴无定，生活艰苦时，她觉得自己所有的寂寞都微不足道，而只一心牵挂着丈夫，祝愿丈夫能吃好喝好了。只愿他早日归来，幸福团圆。

《毛诗序》认为此诗"刺平王也。君子行役无期度，大夫思其危难以风焉"。朱熹《诗集传》则认为："大夫久役于外。其室家思而赋之……此忧之深，而思之切也。"后兑当切近诗旨。

丈夫劳役去，遥遥无归期。妻子独守家，日复一日，日子慢且长。鸡儿又飞进窝了，太阳又下山了，牛儿羊儿又下山了，而丈夫呢？还是不见影儿。日升日落，朝来暮往，夫君何时归？思念如水，佳期如梦，唯有一声长叹，继续漫长的等待。只愿我的他在外面少受风霜，没有饥渴……感情深沉，余味悠长。

也许，女人从来不是社会性的，不适合竞争的。她是感性的，安静的。只要有爱，有个男人疼爱自己，她很容易就满足了。不是吗？很多女人，婚后疏远了社会关系，把更多时间和精力给了老公和孩子，她安于家庭，踏实宁静地过她的小日子。只要她乐意，只要老公爱她，只要她没有失落感，没有人说不成功。

一个女人，纵使她再坚强，事业再强大，地位再高，甚至远超男人，我们始终相信，在她内心深处，仍然有一颗柔软的心，希望有个男人的臂膀来靠，希望做回任性撒娇、小鸟依人的小女人。只是，这样的幸福，并不是每个女人都能有的，尤其当下社会，很多女人被逼作女汉子，失去多少可爱，内心多少辛酸？唯有她自知。

怀哉怀哉，曷月还归·扬之水

扬之水，不流束薪。

彼其之子，不与我戍申。

怀哉怀哉，曷月予还归哉？

扬之水，不流束楚。

彼其之子，不与我戍甫。

怀哉怀哉，曷月予还归哉？

扬之水，不流束蒲。

彼其之子，不与我戍许。

怀哉怀哉，曷月予还归哉？

出自《诗经·国风·王风》

扬之水，悠扬流过的河水。申，和后面的"甫""许"，都是地名。

河水悠悠，冲不走成捆的柴薪。我的美人啊，不能与我共同戍守申地。我想你啊！何日我才能把家还？

大漠孤寒冷，戍边的战士的心，也一如大漠一般冷寂——他想家了，想她了。多想与她长相伴，不分离。谁成想，自己应征入伍，只好把她扔在家里。

她此刻一定很寂寞，而我不也是吗？此刻也在思念她。

河水悠悠，如岁月一去不返；成捆的柴薪沉重，河水冲流不动，一如他沉重的心。自己如流水，奔波不定，为国应命，而她如束薪，静止不动，在家留守。自己能力太弱，无法带她同行，也不能带她同行。这不是生生分离吗？《诗经》中常以"束楚"、"束薪""束荆"等比喻夫妻关系，指男女一旦结合，就如捆扎的束薪一样，从此命运捆绑在一起，患难与共。

他想与之长相伴，但却不能自主……

他辗转戍守在申地、甫地和许地，每当看到河水，就不免思情悠悠，想家，想家中的妻子。家里一切还好吗？她还好吗？真令人牵挂啊，怎么不想家？他归心似箭，但任务在身，却不能离开，只好望天长叹：我何时才能把家还？"怀哉怀哉，曷月予还归哉？"所有的思乡之情、故园之情、夫妻之情、远戍之苦，以及不平之鸣，都融化在这里，深深感染着读者。

岁月如流，人生短暂，爱情何其宝贵？与爱人相守的时光何其宝贵？如果把此生交给边防，保家卫国，道义上奉献光荣，但却失去了自己的人生，岂非太遗憾？为国奉献自然光荣，但如果以失去个人幸福为代价，那么这样的人生似乎没人想要。

最幸福的生活，莫过于与心爱的人相守相伴，一家人平安幸福。哪怕日子平淡，哪怕只做一个平凡人，那也好过所谓的荣誉和荣光。

《毛诗序》认为此诗"刺平王也。不抚其民而远屯戍于母家，周人怨思焉"。朱熹《诗集传》也如此说："平王以申国近楚，数被侵伐，故遣畿内之民戍之。而戍者怨思作此诗也。"

春秋时的周平王（前770—前720年）时，周王朝的权威已成削弱之势，各诸侯国的势力开始强大起来。当时的申国，经常受到楚国的侵犯。周平王的母亲姓姜，是申国的公主，周平王于是出兵帮忙，保护申国，在战略要地驻守军队，防止楚国侵扰。

周朝的将士们本来远离家乡来当兵，就心怀不满，加上不是保卫自己的国家，不免有怨气。本诗即是这种心声的流露，表达士兵们怨气之重，思乡思亲之切。由于当时的申国、甫国和许国的国君，都姓姜，与周平王的母亲都有亲戚关系，所以诗中也有提及。

思乡的心，一如悠扬的流水，悠悠无尽；河水悠悠，冲不走成捆的柴薪，一如带不走自己。自己戍守边地，妻子不能同往。恩爱夫妻，生生分离，真令英雄肝肠寸断。唉，何日能还乡？只有寄予这流水，希望它带给妻子这颗思念的心⋯⋯

古人常以束薪代指夫妻，朴素而贴近，指男女结合，像成捆的柴薪，从此融为一体，不相分离，命运与共。河流冲不走柴薪，象征夫妻恩爱，永不分离，休戚与共，也喻指夫妻内心的坚守。

都说男儿有泪不轻弹，男人似乎只能坚强面对，其实男儿何尝没有眼泪？都说温柔乡是英雄冢，男人打拼事业似乎不能留恋儿女私情，其实男儿何尝没有柔情？明白男人也有脆弱，也有眼泪，也需要关怀，女人们，别再给他们压力了吧！

言念君子，温其如玉·小戎

小戎俴（jiàn）收，五楘（mù）梁辀（zhōu）。

游环胁驱，阴靷（yǐn）鋈（wù）续。

文茵畅毂（gǔ），驾我骐馵（zhù）。

言念君子，温其如玉。

在其板屋，乱我心曲。

四牡孔阜，六辔在手。

骐駠（liú）是中，騧（guā）骊是骖。

龙盾之合，鋈以觼（jué）軜（nà）。

言念君子，温其在邑。

方何为期？胡然我念之。

俴驷孔群，厹（qiú）矛鋈錞（duì）。

蒙伐有苑（yūn），虎韔（chàng）镂膺。

交韔二弓，竹闭绲（gǔn）縢。

言念君子，载寝载兴。

厌厌良人，秩秩德音。

出自《诗经·国风·秦风》

　　小戎，一种小车厢的兵车。俴收，短车轸。五楘，五束皮革缠的车辕。梁辀，曲辕。游环，马背上活动的环。胁驱，马胁两旁的皮扣，与拉马的皮带相连，以控制骖马，使其不入内。阴，轼前横木。靷，系骖马的皮革。鋈，白铜环。文茵，虎皮坐垫。畅毂，长的车轴承。骐，青黑色马。馵，白色后蹄或四蹄的马。板屋，木屋，此处代指西戎（今甘肃一带）。

　　他驾着小厢战车，车辕上系着五条皮带。马背的环胁下有扣，引车皮革系碰上有白铜环。虎皮坐垫长车轴，驾着青马奋蹄飞。我思念你呀夫君！你个性温良美如玉。可是，尔住西北的小板屋，叫我心里好牵挂！

　　以铺排的场面，反映丈夫所乘的战车战马，以及艰苦的西北军旅生活。而所有这一切，都是妻子的想象。透过这想象，可见她的思念，也足见她以丈夫为自豪。在她的眼里，丈夫是勇猛善战的英雄男儿，足以配得上那些华丽的战车战马。

　　只是，那边塞的军旅生活，毕竟辛苦。她想象着：丈夫住在西北的木板屋里，四面透风，风吹日晒，该有多辛苦！怎不令人牵挂呢！愿他早日平安归来……

　　骐骝，红黑色马。騧骊，黄黑色马。骖，车辕外侧二马称骖。合，两只盾合挂于车上。觼，有舌的环。軜，内侧二马的辔绳。以舌穿过皮带，使骖马内辔绳固定。厌厌，同"恹恹"，安静平和。秩秩，明慧畅达。

　　她的脑海中，都是丈夫行军车马的影子：四匹雄马肥又壮，六根缰绳在手中。青红色的两马排中间，黄黑色两马列两边。龙纹盾牌双双合放，内侧辔绳套着铜环……思念尔啊夫君，温良如玉在边陲。何时是你的归期？

　　赞美之余，是惆怅；惆怅之余，是呼唤。丈夫再英雄，心中再自豪，那终不是属于自己的——只有他回到自己身边，那才是自己能够触摸到的幸福。

　　俴驷，披着金甲的四匹马。孔群，群马很协调。厹矛，头有三棱利刃的长矛。镎，矛柄下端金属套。伐，盾。苑，盾上的花纹。虎韔，虎皮弓囊。镂膺，在弓囊前刻花纹。交韔二弓，两张弓左右交错放在袋中。闭，弓檠，竹制，弓卸弦后缚在弓里防损伤的用具。绳縢，用绳子缠束。

她又想象他的弓箭装备：披铠甲的四马很协调，三棱长矛铜套柄。盾牌上面画着鸟羽，虎皮弓袋上镶着花纹。两弓相错插袋中，竹制弓架绳缠束。思念你啊夫君，坐卧不安心不安。温良的君子，豁达智慧有美名。

她无数次想象丈夫的军人生活，赞美他的德才兼备，文武双全，他的威武德望，也无数次觉悟地呼唤：想你想得坐立不安，快快回来！

《毛诗序》认为此诗"美襄公也。备其兵甲以讨西戎，西戎强而征伐不休，国人则矜其车甲，妇人能闵其君子焉"。郑玄《笺》说："国人夸大其车甲之盛，有乐之意也。妇人闵其君子恩义之至也。"朱熹《诗集传》说："襄公上承天子之命、率其国人、往而征之。故其从役者之家人、先夸车甲之盛如此、而后及其私情。"赞美兵甲之利，思念征人。

妻子思念出征的丈夫。她想象丈夫的军中，战车精致，战马威武，兵器精良，军容严整，丈夫日夜备战、作战，劳顿艰苦，生命如箭在弦上。想到他温良如玉，豁达明慧，思念更切，坐卧不安。思念如水，郎君啊，何时是你的归期？

征夫思妇，古代诗词中常见的主题。人间至情，莫过于夫妻之情。同床共眠，肌肤相亲，异体同心。虽无血缘之亲，但身心两融，彼此无间，相依相伴。如果说人生有什么依靠的话，那就是夫妻间的相扶偕老，彼此不离。有他（她）在，才有温暖，才不怕。

好的夫妻，感情坚贞不二，分离也不会扼杀彼此的忠诚与信任，他们在思念中牵挂对方，在寂寞中抵制外来的诱惑。当下社会的夫妻感情薄脆如纸，经不起时空的考验，不耐寂寞，不抵诱惑。昨天还卿卿我我，今天就为一点小事，或者一次长别而分道扬镳。感情在他们那里如此随便，如此没价值。不知这是人的问题，还是世风所致？

未见君子，忧心如醉·晨风

鴥（yù）彼晨风，郁彼北林。

未见君子，忧心钦钦。

如何如何，忘我实多！

山有苞栎（lì），隰有六驳。

未见君子，忧心靡乐。

如何如何，忘我实多！

山有苞棣，隰有树檖（suí）。

未见君子，忧心如醉。

如何如何，忘我实多！

出自《诗经·国风·秦风》

鴥，鸟疾飞。晨风，鹯（zhān）鸟，鹞鹰一类的猛禽。

鹯鸟如箭一样疾飞，穿进北边的密林里。她心里郁闷难解——因为不见心上人，为此忧心忡忡，郁郁寡欢。怎么办？怎么办？他是否把我忘记？

天色黄昏，倦鸟返林，飞到自己的窝里……而他呢？却怎么还不回家？看倦鸟返林，思远人，为比郁闷不乐。她甚至想：好久不见了，他不会忘记了自己吧？

美丽宁静，静中有动的黄昏景色，却反衬出妇人心中的波澜和郁闷。后世五代冯延巳的《鹊踏枝》中有句"几日行云何处去？忘却归来，不道春将暮；百草千花寒食路，香车系在谁家树"，美丽中有一份淡淡的忧伤，写法很可能是借鉴此诗。

他一去音信皆无，她的思念里，带着忧惧不安——生怕他不要自己了。

女人的爱，首先源于安全感，如果没有了安全感，不是因为对爱情少了自信，就是爱得太专情依赖。

苞，丛生。隰，低洼湿地。六驳，梓榆树，树皮青白像驳马。

山坡上栎树丛生，洼地里梓榆树斑驳茂密。美景如斯，她却无心欣赏——不见心上人，她忧郁不乐，担心他把自己忘记了，心中不安地自问：怎么办？怎么办？他不会把我忘了吧？

树檖，直立的山梨树。

从密林，到山坡，再到湿地，她徘徊不定。飞鸟疾飞，栎树、棠棣树茂密生长……万物各得其所，唯独自己无所适从，无人陪伴，心中怎能不生出惆怅和凄凉？一切那么充满生机活力，唯有自己无精打采，不见远人归，郁闷满怀。难道他忘记了自己吗？想到此心中更加迷茫。望穿秋水，等得心碎神伤，她不禁反复地自问"如何如何，忘我实多！"内心该有多么无可奈何，不知所措？

一个"如醉"，可知她相思日久，如痴如醉，精神恍惚，再发展下去，恐怕要久思成病，精神要崩溃了……

她是柔弱的女子，专情而痴情地活在爱情里，男人是她的全部。她爱得没了自我，所以才如此脆弱。

但愿，她的他，不是二三其德、朝三暮四之徒，但愿他能听到她的深情呼唤，早日回来，或者至少给她一个回音，给她一个安慰，让她增加一份安全感。因为，她是这么爱他，依赖他，没有了他，她不知如何活下去。

《毛诗序》认为此诗"刺康公也。忘穆公之业，始弃其贤臣焉"。朱熹《诗集传》说："妇人以夫不在而言。鴥彼晨风、则归于鬱然之北林矣。故我未见君子、而忧心钦钦也。彼君子者如之何而忘我之多乎。"肯定这是一首爱情诗。有人认为这是一首怨妇诗，妇人已被抛弃，但诗中并无怨言，似乎更多是害怕被抛弃，所以我们还是当成一首爱情的怀人诗。

鸟儿飞，树茂密，不见夫君，心里忧凄不安。不见音信，郎君啊，你是不是已把我忘记？我这旦望穿秋水，为你消得人憔悴，却不见离人归。你听到我的呼唤了吗？

空中鸟儿双飞，地上草木葳蕤，怎不令人触景生情，思念远人？留守的妻子，形单影只，思念中不免在心里嗔怪丈夫：你是否还记得我？我在痴等你回家……

女人固然需要爱，但如果完全依赖于爱，那么最终会因失去自我而丢失爱。别做这样的傻女人！聪明女人有自己的爱好和追求，不断拓展生存空间，有自己喜欢的事做，不断丰富提升自己，因为有寄托内心才能饱满有力。毕竟，爱情不是人生的全部，人生还有很多事情要做！

自我不见，于今三年·东山

我徂（cú）东山，慆慆（tāo）不归。

我来自东，零雨其濛。

我东曰归，我心西悲。

制彼裳衣，勿士行枚。

蜎蜎（yuān）者蠋（zhú），烝在桑野。

敦彼独宿，亦在车下。

我徂东山，慆慆不归。

我来自东，零雨其濛。

果臝（luǒ）之实，亦施（yì）于宇。

伊威在室，蠨蛸（xiāo shāo）在户。

町畽（tǐng tuǎn）鹿场，熠耀宵行。

不可畏也，伊可怀也。

我徂东山，慆慆不归。

我来自东，零雨其濛。

鹳（guàn）鸣于垤（dié），妇叹于室。

洒埽（sǎo）穹窒，我征聿至。

有敦瓜苦，烝在栗薪。

自我不见，于今三年。

我徂东山，慆慆不归。

我来自东，零雨其濛。

仓庚于飞，熠耀其羽。

之子于归，皇驳其马。

亲结其缡，九十其仪。

其新孔嘉，其旧如之何？

出自《诗经·国风·豳风》

东山，在今山东曲阜境内，周公伐奄驻军之地。慆慆，久。勿士行枚，不要衔枚，士同事，枚，竹棍，古代行军时衔在口中以保证不出声的竹棍。蠋，一种野蚕。烝，久。敦，蜷缩成团状。

我远征到东山，久没回家。如今我从东山回，细雨蒙蒙。才说到要从东山回家，我忧伤的心早已西飞。做一件家常穿的衣裳，不再衔枚打仗。野蚕蜎蜎在树上蠕动，田野桑林才是它的家。我独自缩成一团，常常睡在车底下。

他从军以来，久别家乡，思乡心切。他想着自己在细雨中复员回家，归心似箭。回家了，就可脱下这军装，换上家常衣裳，多么舒适！可是，这一切似乎只能是想想而已——因为眼前回不了家，还要像野蚕一样，蜷缩野树，风餐露宿。这日子什么时候到头啊……

果赢，葫芦科植物，蔓生，又称瓜蒌。伊威，土虱子，土鳖虫。蟏蛸，一种长腿蜘蛛。町疃，野外空地，这里指禽兽践踏过的地方。宵行，萤火虫。

他想象着，老家的庭院里：瓜果要成熟了，那藤条一定蔓延到了屋檐。而屋里呢？因为少人收拾，说不定已经虫子满屋跑，蜘蛛挂门上了吧？庭院外面，

213

荒芜得留下了野鹿的脚印。晚上荧火虫飞来飞去，闪闪发光。如此荒凉的家园，怎能不让人心忧？想到这些，他心中满是对家里的牵挂……

瓜藤蔓檐，蜘网密布，土虺满屋跑，庭院荒芜，野兽侵犯……这一切，都是因为少一个男人呀！一个没有男人的家，不完整，自然会败落不堪。

人在军营，心在家乡，他已经厌倦了行军打仗，他已经离家太久，想回去过正常人的日子，哪怕这日子有多么平凡！

鹳，一种像鹤的水鸟，羽毛白色或黑色。埽，同"扫"。穹窒，堵尽空洞。敦，圆敦敦。瓜苦，瓠瓜。栗薪，柴火。

由于家园荒凉缺人收拾，他又想到妻子：她看到白鹳在土丘上鸣叫，一定会在屋里长吁短叹，顾影自怜吧？她天天洒扫房舍堵洞隙，盼着我早日回家。滚圆葫芦剖两半，放在柴火上，触景伤怀……夫妻分离两不见，唉！想起来，我们已经分离三年了。

一个葫芦多圆润，我和妻子一人一半合成圆，可如今人各一方，两半不能合，岂不伤心？夫妻如束薪，自结婚，就捆在了一起，彼此不能分，可如今生生分离，不能团聚，岂不伤心？

皇驳，马毛淡黄叫皇，淡红叫驳。亲，妻子的母亲。结缡，结婚。古代女子出嫁，她的母亲把佩巾系在她的带子上，一种结婚仪式。孔嘉，很美好。旧，久。

想到妻子，他不禁思绪翻涌，回忆起当年结婚时的情景：那年春天，黄莺翩翩飞，羽毛闪闪亮。大姑娘要出嫁了，红黄骏马来迎亲。母亲为她系上佩巾，婚礼仪式真是多。从此，我与她结成为夫妻，真美满幸福啊！只是，我们现在天各一方，不知我们久别重逢，会是什么样的情景，会不会和从前一样幸福美好？……

为什么想家？不就是因为家里有一个她吗？因为家里有她，想家就是想她，想与她重逢。但因为久别，他有些情怯——他在思念中憧憬，也在思念中惴惴。因为爱，才这么紧张；因为爱，才这么在乎，生怕时间会改变了，怕情况有变，人有变，未来的重逢没有想象中幸福。

思念中，他思绪翻飞，细腻而敏感。这真是一个心思慎密的征夫啊！细腻敏感如女子。这样的男人，一定对女人体贴温柔，照顾得必然细致周到。而且，他又充满责任感，还是个勇士，拥有这样的一个男人，那位在家留守的妻子，是令人羡慕的，她的留守也是值得的。她不必像很多思妇那样，担心丈夫抛弃自己——因为，他已在担忧了。

《毛诗序》认为此诗"周公东征，三年而归。劳归士，大夫美之，故作是诗也"，赞美周公。而方玉润《诗经原始》认为"诗中所述，皆归士与其室家互相思念。"说明它不过一首爱情诗。

终于可脱下这战服，回家过安生日子了，激动兴奋，百感交集：久不在家，家园一定瓜藤坠檐，蟏虫满室，场圃荒芜，萤火虫翩飞，面目全非了。鸡鸣狗叫声中，留守的妻子是何等寂寞？三年了，想象她无数次洒扫房屋，翘盼夫君归。当年燕尔新婚时，幸福美满，此番久别重逢，不知什么样……希望久别胜新婚，幸福久延续。

都说温柔乡是英雄冢，好男儿志在四方，不作小儿女情。然而，男人岂无情？只是好男人的责任胜过感情，不轻易流露罢了。为了事业，不得不狠心离家，但午夜梦回，正是柔情百转，想家想她的时候。男人也多情，有情未必不男儿。

一个好男人，责任胜过感情。有责任感的男人，男性特征十分明显，给女人强大的力量感，心悦诚服地被征服。有个这样的男人爱自己，女人会完全展现出女儿心，只愿小鸟依人，依偎在他的怀里，幸福一生。所以，女人结婚，爱情固然重要，找一个有责任感的男人更重要。

有杕之杜，征夫归止·杕杜

有杕（dì）之杜，有睆（huǎn）其实。

王事靡盬（gǔ），继嗣我日。

日月阳止，女心伤止，征夫遑止。

有杕之杜，其叶萋萋。

王事靡盬，我心伤悲。

卉木萋止，女心悲止，征夫归止！

陟彼北山，言采其杞。

王事靡盬，忧我父母。

檀车幝幝（chǎn），四牡痯痯（guǎn），征夫不远！

匪载匪来，忧心孔疚。

斯逝不至，而多为恤。

卜筮偕止，会言近止，征夫迩止！

出自《诗经·小雅》

睆，果实圆浑。盬，停止。嗣，延续。阳，农历十月，十月又名阳月。遑，

216

闲暇。

孤单的赤棠树,枝头结满圆圆的果实。王家的差事没定没了,还乡的日子拖了又拖。又到了十月天,她伤心之极,想着远征的人此时应该清闲了,是否该还家了。

棠树的孤单,一如她的孤单。王家差事没完没了,夫君服役远去,目下已到金秋十月,按说该服完役回家了。她数着日子,一天天捱着,只等夫君把家还……

孤独的赤棠树,叶子繁茂。王家的差事没有完,她的心忧愁不断。又是一年春,花木正萋萋。她伤春又伤己,想自己大好青春,就这么在孤独中度过,不能与夫君相厮守,真是无比伤感。她心中默念:他该回来了吧?快回来!

"卉木萋止"一句,让人想起"有花堪折直须折,莫待无花空折枝"之句,怎能不生伤春之慨呢?

但是,直到春尽,丈夫还是没有回来。

檀车,役车,檀木做成。幝幝,破败。痯痯,疲劳。

她登上北山采枸杞,王家的差事没完没了,也连累她的父母为她操心。檀木役车已破旧,拉车的四马已疲劳,她远役的夫君,应该要回来了吧?

夏天到了,枸杞熟了。她登高望远,望眼欲穿,希望能看到丈夫回来的身影。但是没有看到。她想,服役这么久了,役车该破了吧?马儿该累了吧?我的夫君也该回来了吧?……

她一天天地,心不在焉,也累及父母为她忧心。这样的日子,何时是头啊?思夫心切,但一切都是徒然的幻想罢了——他的丈夫依然没有回来。

孔疚,大痛,十分悲痛。恤,忧虑。

一辆辆车子过去,却没看到一辆是载着夫君的!唉,"过尽千帆皆不是",不免更生悲凉。车马都过去了,终没等到夫君来。她忧心忡忡。求签问卦,签上说丈夫指日可待。他离家乡越来越近了……

《毛诗序》说："杕杜，劳还役也。"表达征夫思妇之离情。

思念一个人时，有甜蜜，也有痛苦。甜蜜的是回忆和想象，痛苦的是当下的分离。一对习惯了相守的恩爱夫妻，一旦分离，自然有难以承受的孤独和寂寞。如果说为了保家卫国事业而分离，那多半也是出于事业和责任，以及无奈，没办法推辞——谁愿意甘心丢下个人幸福呢？只愿世界多和平，少劳役，少分离。对百姓而言，不敢去想大富大贵，只知道最真实的幸福，就是与家人一起平安度日。

对女人而言，最实在的幸福不是丰衣足食，而是与所爱的人长相厮守，安享静好岁月。但就是这种简单的幸福，也往往并不能实现，男人总要出外打拼，女人就只好忍受寂寞。而寂寞，最能催人老。那孤单，那思念，都在无情的岁月中慢慢侵蚀着女人的青春和美貌。谁能敌得过呢？平常人家的女人，尚且忍受寂寞，更何况嫁给有权有钱的男人呢？所以，女人的孤独是一定的，不同的只是程度不同而已。

终朝采绿，不盈一掬·采绿

终朝采绿，不盈一匊（jū）。
予发曲局，薄言归沐。

终朝采蓝，不盈一襜（chān）。
五日为期，六日不詹。

之子于狩，言韔（chàng）其弓。
之子于钓，言纶之绳。

其钓维何？维鲂（fáng）及鱮（xù）
维鲂及鱮，薄言观者。

出自《诗经·小雅》

绿，荩草。匊，同"掬"，两手合捧。

整天在外采荩草，依旧两手捧不满。头发油污成卷毛，还该回家梳洗好。

她干活儿心不在焉，头发蓬乱如草，一定是有心事，在想着一个人，情绪低落懒怠梳妆。不过，这样下去也不行呀，她劝说自己：还是该好好梳洗一番了。

襜，围裙。詹，至。

她又去采蓼蓝，采了半天也不满衣兜——心上的思念日益强烈，实在是百无聊赖。

原来约定是五月天，可到了六月，还不见他把家还。

一天天过去，原定五月回来，到六月了还不见人影儿，怎不令人焦急呢？她意兴阑珊，情绪低迷，麻木着一天天苦捱……

韔，弓袋。

他外出打猎，她为他套好弓箭；他外出钓鱼，她为他理好丝线。

她回想夫妻在一起的美好时光，夫唱妇随，形影不离，多么甜蜜幸福！而今，这样的日子在哪里呢？

观，多。

她耽耽地，任由思绪回溯，她想起那天，他钓了好多鱼，有鳊鱼有鲢鱼，真是太棒了！竟然钓了那么多！

她回想着那天，当鱼钓上来时，他们兴奋得大叫起来，她开心得手舞足蹈，大声叫着：啊，夫君，你太棒了，竟然钓了这么多！

可以想象，她说不定还情不自禁地黏到丈夫身边，给他一个甜蜜的吻呢……

这样一幅幸福的夫妻垂钓图，确实让人感觉幸福满满，要溢出来了。

可是，眼下，她的夫君并不在跟前，所以她孤单寂寞，只有在思念中回忆，在回忆中重温那份甜蜜和幸福。

想他，因为有爱，情深。他一离开，好似带走了自己的一部分，浑身不自在，生活突然变得无所适从：做事心不在焉，无法投入——眼到之处，到处都是他；心里都是他，做不到不想他。

有爱情的夫妻，心有灵犀，不谋而合，心有默契，容易沟通，达成一致。他们的婚姻，不是契约式的合作，而是自然而然地相互陪伴，互相愉悦，同甘共苦，彼此不能分。也们还会像恋爱时那样一起玩乐，给生活增加情趣。这样的夫妻，没有摩擦、磨合，也没有那么多的累。

十章

抛爱弃义
怎不怨恨你

不我以，其后也悔·江有汜

江有汜（sì），之子归。

不我以，不我以。

其后也悔。

江有渚（zhǔ），之子归。

不我与，不我与。

其后也处。

江有沱，之子归。

不我过，不我过。

其啸也歌。

出自《诗经·国风·召南》

汜，江水分流后又复合。不我以，不需要我。

江水倒流，男人正该回家时。可是他不需要我了，不需要我了。她心中恨恨想：早晚他将为此后悔！

江水尚有溯流，却不见丈夫回家。她忧伤愤懑地想：看来他是不稀罕、不需要我了。好，你不需要我了，总有一天会想到我的好，你会为此后悔的！

他会后悔吗？这个问题上她是无能为力的。倘若他的心已离她而去，已经爱上别人，又何谈后悔呢？爱情没有后悔，只有合适与否。说后悔，只是受伤的她的想法，大概她总觉得自己对他那么好，他没有理由离她而去呀！只是，他如果讲这情分和良心，就不会离开她了——他离开她的本身，就说明他不是一个有良心的男人。那么，她的所有恨，也不过是自伤和自我安慰罢了。这是所有痴情女人的傻。更有甚者，很多被抛弃的女人，以死来唤起男人的爱和良知。只可惜，这样做也是徒劳。痴傻之上又添了无可救药的悲哀。

渚，水中沙洲。不我与，不同我交往。处，忧愁。

看到江中的沙洲，她又想他了，可眼见他是不可能回来了，她明明知道：他不和自己好了，已经断绝了交往。他如此绝决，为何自己做不到呢？她心中愤愤地想：好，他不理我了，他会为此忧伤！

真是个傻女人，他倘若有良心，或者以后碰了面，也许会想到她的好。但这个可能性很小。男人本就喜新厌旧，人品可靠的还可信任，如果遇到个没良心的，指望他回头，基本是徒劳的。

沱，江水的支流。不我过，不到我这里来。

明知他一去不返，明知他心里已没有自己，但她还是在幻想着他有一天能来看自己，幻想着他还对自己余情未了。看江水分流而去，她伤心地想：他不来看我了，真真狠心哪！她又愤愤想：好，他不来，他将为此放悲歌。

她终是放不下他，为此心绪不宁，忧愁满怀，因爱生恨，恨恨不已……她就活在这样的恨里，一天天过下去……

可想而知，唯有她有一天也选择了狠心，放下他，她才可能有明天。但是，她可能吗？

本诗表现一位弃妇内心的哀怨和不平。江水洄流，男人也该回家了，但他一去不返，不再回头。心中忧愤，怨恨着负心人。

《毛诗序》认为此诗是"美媵也。勤而无怨"。《诗三家义集疏》说："江水沱沱，思附君子，伯仲爱归，不我肯顾，娣娣恨悔。"后说当切诗本意。

江水东流，但洄流不断，一去三回头。江水尚有留恋，那个男人呢，为什么一去不返，杳无音信？而她以爱为活，一旦失去，怎能不恨？她头上的天塌下来，生活从此黯然失色。

爱浓时，恨也浓。对以爱为生命，完全依赖爱的女人而言，她会为爱牺牲一切，也会因爱生恨，无法自拔。有爱时忘我投入，美妙无比，而一旦失去爱呢？自我失去，空虚无比，爱伤的还是她自己。

女人虽然视爱情为生命，但美妙的爱情可遇不可求，所以不必强求，也不必强求他，有爱时好好爱，无爱时放下，包括恨，潇洒挥挥手，说再见。毕竟，爱情不是人生的全部，生命中还有更多的事要做。

胡能有定，宁不我顾·日月

日居月诸，照临下土。
乃如之人兮，逝不古处。
胡能有定？宁不我顾。

日居月诸，下土是冒。
乃如之人兮，逝不相好。
胡能有定？宁不我报。

日居月诸，出自东方。
乃如之人兮，德音无良。
胡能有定？俾也可忘。

日居月诸，东方自出。
父兮母兮，畜我不卒。
胡能有定？报我不述。

出自《诗经·国风·邶风》

古处，以古道待人。天上的日月，光耀普照大地。竟有这种人，不以古道待我。竟然不再顾念我！

上有日月明，朗朗乾坤。想不到，世上竟然有他这种没良心的人！他不念旧情，不再爱她。一个"宁"字，表明他的变心，令她猝不及防，在意料之外。她一直以为这个男人属于自己，不会离开自己，从没想到他说走就走，一下子就移情别恋了。唉，看来他本就是喜新厌旧的人！遇到这种男人，女人怎能不伤心？更何谈幸福？

冒，覆盖。报，理会。

天上日月朗照，却不能点亮他的良心。她实在想不到，自己竟然遇到了这种人，始乱终弃，不再与她好了，不再理她了。看来他本就是朝三暮四的无良男人。

他已经离开了她，再也没有来过。这让她在吃惊之余更加明确：自己彻底失去了他，她的失望也更加强烈，于是转到对其人品的质疑上，断定他就是个花心男。这种男人，怎么可能有真正的爱情呢？他的眼中，大概只有玩玩所谓的爱情吧！

太阳照常从东方升起，日复一日，她还在忧郁中回忆往事，回忆曾经的甜言蜜语，浓情蜜意，那么美好，那么幸福，想不到今天，一切都成了谎言，过眼烟云——他走了，一去不回，抛弃了她。她万万没想到——因为她一直陶醉在甜蜜的爱中，完全没有注意，也没有料到他会出轨。因为意外，所以打击更大。她思来想去，又实在想不通他为什么离开自己。

但是，感情的事，有时没道理可讲。如果他本是个喜新厌旧的男人，那么，他的出轨是必然的。她终于明白：与其这么徒劳地想他，不如干脆放下他。于是，她告诉自己：快快忘掉他！

她还算是明智的，明白他不会回来，不必做徒劳之思。只有尽快忘记他，像他抛弃自己一样抛弃他，从心里排除他，以此救赎自己，才能得到解脱，摆脱这痛苦。

畜，喜好。述，依循。

日月照常升起，她的日子是漫长的。毕竟，她只是个脆弱女子，失去丈夫，她没有了安全感，产生空前的恐惧。她恨自己是个女儿身，甚至问父母为什么不养她一辈子。恨所嫁非人，遇到一个花花荡子。他对我哪有个一定？根本没人性！

在失望中，她觉醒了，认清了丈夫的本质，不再心存幻想，但又害怕未来，不知如何走下去。想回到父母的怀抱。

当然，呼唤父母也是徒劳的，女大当嫁，只是她不幸，遇人不淑，嫁了个负心汉，只能感叹命苦而已。古代女子，完全从属于男人，不像现在，有更多选择。所以弃妇的后半生，就只剩下了幽怨和寂寞。

《毛诗序》认为此诗是庄姜自怜寂寞之作："卫庄姜伤己也。遭州吁之难，伤己不见答于先君，以至困穷之诗也。"朱熹《诗集传》认为："庄姜不见答于庄公。故呼日月而诉之。"只备一说，我们则理解为弃妇之诗。

最伤女人心的，莫过于心上的那个男人不在乎自己了，不疼爱自己了，疏远自己了，然后一去不回，留下她一个人丢了魂一样地伤心。

真正爱你的男人，不会始乱终弃，不会朝三暮四，不会因色衰爱驰，不会移情别恋。那么，这是个什么男人？是那个与你惺惺相惜，命运与共，把你当成宝，爱你并对你负责任的男人。他把你与自己的生命相连，把对你好，当成是他的幸福，为此愿意担负一份沉甸甸的责任。

行道迟迟，中心有违·谷风

习习谷风，以阴以雨。
黾（mǐn）勉同心，不宜有怒。
采葑采菲，无以下体？
德音莫违，及尔同死。

行道迟迟，中心有违。
不远伊迩，薄送我畿（jī）。
谁谓荼（tú）苦，其甘如荠。
宴尔新婚，如兄如弟。

泾以渭浊，湜湜（shí）其沚。
宴尔新婚，不我屑以。
毋逝我梁，毋发我笱（gǒu）。
我躬不阅，遑恤我后。

就其深矣，方之舟之。
就其浅矣，泳之游之。
何有何亡，黾勉求之。

凡民有丧，匍匐救之。

不我能慉（xù），反以我为雠（chóu）。

既阻我德，贾（gǔ）用不售。

昔育恐育鞫，及尔颠覆。

既生既育，比予于毒。

我有旨蓄，亦以御冬。

宴尔新婚，以我御穷。

有洸（guāng）有溃，既诒我肄（yì）。

不念昔者，伊余来墍。

出自《诗经·国风·邶风》

谷风，东风，生长之风。葑、菲，蔓菁、萝卜一类的蔬菜。德音，夫妻间的誓言。

东风习习吹来，风雨要来。我们曾和谐相伴，不该生气发怒。采摘蔓菁和萝卜，尚且不丢菜根，曾经发过的誓言不能相忘，你我要生死相伴随。

风雨欲来，一如她心中的风雨。回想曾经的恩爱岁月，白头偕老的誓言，她心中无限怨恨。她为什么心中幽怨？一定是他不在身边。为什么说拔萝卜尚要连根拔起，不扔弃？似乎暗示丈夫不念旧情，忘记了曾经的誓言。

荼，苦菜。

脚步无力缓慢行，心中有怨恨啊。走的路程并不远，走到城门前就止步。谁说苦菜苦？它美味如荠菜。回想新婚燕尔时，相亲相爱如兄弟手足般。

她到城门外拔苦菜，却神不守舍，满心忧愁，脚步无力，心事重重。苦菜虽苦，却能养心。她不怕苦日子，只怕丈夫不再疼爱自己。想到当初新婚燕尔

231

之时的浓情蜜意，想到曾经的互亲相爱如同胞手足，而今他却判若两人，她心里怎能不伤悲？男人啊，为什么说变就变，不念一点旧情呢？

泾以渭浊，泾水清渭水浊。沚，沉淀。不我屑以，不愿意同我亲近。阅，容纳。遑，空闲。

泾水清渭水浑，泾水清澈见底。燕尔新婚亲爱我，此后不再亲近我。你呀，这个负心汉，不要到我鱼梁上，不要打开我鱼筐。连我身都不容，怎么可能抚恤我以后的生活？

果然，她是被自己丈夫遗弃了，失去了他的宠爱。眼下不再管她，又何能指望今后依靠他？作为女人，她意识到他已不是自己的依靠：他不仅不再爱她，也不再管她的生活。可见，他不仅是个负心男，而且是个没良知和义气，逃避责任的男人。

方，用筏渡河。舟，用船渡河。丧，灾祸。

生活中的苦，都可忍受，不是问题。如同这河水，河水深时，坐竹筏和木舟；河水浅时，游泳过去。家贫与否，全靠勤劳来致富。遇到乡邻有丧事，竭尽全力去帮助。最难耐的是，失去爱情的生活，才让人度日如年。

这是一位勤劳的妇人，吃苦耐劳，任劳任怨，生活的困苦吓不倒她。她相信勤劳致富。而且，她乐于助人，团结乡邻，善良淳厚。但是，失去丈夫的爱，却让她感到从未有过的挫败感，她不知为什么遭到他的遗弃。上天不公啊！在生活的苦难面前，她没有倒下，而没有了爱情的支撑，她几乎要崩溃了……

女人天生坚韧，不怕苦，就怕没有爱。

雠，同仇。阻，拒绝。育恐育鞫，活在恐惧贫穷中。颠覆，患难。

失去爱的她，只有顾影自怜。他已经挥挥衣袖，云淡风轻地走了，而她，还痛苦地活在回忆中，她在心里恨恨地对他说：我知道，你已不再爱我，并很反感我，视我为仇敌。你看不见我的美德，我的美德就像货物卖不出。以前，我跟着你担惊受怕，过得清贫拮据，我发誓与你同患难同生死。而今，日子好了，丰衣足食，你却觉得我碍眼了，把我当害虫！

她把最好的青春年华都给了他，跟他吃苦受惊，勤俭持家，达到小康。可谓一对患难夫妻。但是，患难与共可以，共享富贵不能。满以为一起打拼，日子好了，两人可以更好地相亲相爱了，岂料他却出轨了，移情别恋了。

这真是一个讽刺！难道她就合该跟他吃苦受罪，帮他打拼天下吗？他成功显达了，更成熟有魅力了，而她青春已去，真的色衰老了。上天一点也没有眷顾她，这不是欺负人吗？天下竟有如此的不公！真的有，以前有，现在不是也有更多吗？如果说女人的悲哀，源于男人的没良心，都成了陈世美，那么，男人为什么都成了陈世美呢？或许每对相离的夫妻都有其深层的原因，或许这其中也有女人的原因吧。外人不好置喙，但一段情缘的结束，结果最受伤害的，总是女人。

旨蓄，储藏的美味。洸，粗暴。溃，发怒。肆，辛劳。塈，爱。

她藏起美味，以备过冬。她心里恨恨对他说：你们新婚燕尔，却让我一人孤苦受穷困，你还对我粗暴发怒，所有辛苦活儿都交给我。从前旧情全不念，可我知道，你也曾爱过我！

他有了新欢，忘了旧爱。他抱着新宠去快乐，她备受冷落独自伤心。他反感她，动辄对她动怒，甚至施以粗暴的行动。这哪是当初那个口口声声说爱自己的人哪？如今，他视她为路人，不留一点情分。而她，还在安慰自己：他现在是不爱我了，可当初也曾爱过我。

她终是痴情未了，虽然失去了他的爱，但还活在回忆里，以此来舔舐自己的伤口，得到些许安慰。只是，这无异于自欺。一个活在过去的人，不可能有未来。

《毛诗序》说此诗："刺夫妇失道也。"朱熹《诗集传》认为："妇人为夫所弃。故作此诗，以叙其悲怨之情。"余冠英《诗经选》说："此诗写故夫的无情和自己的痴情。"

天下最不平的，莫过于男人抛弃了他的糟糠妻。当秦香莲遇到陈世美，真是贤妻们的最大冤屈。当一个女人把爱、青春和全副精力都交付给男人和家庭后，当曾经的憧憬变为现实时，却噩梦般地发现：丈夫已移情别恋，他已不再属于自己。岂止是悲伤？更是对自尊的伤害，就像自己打了自己一耳光。

有爱时，看你什么都好，你的美丽、贤淑、勤劳等等，都是他眼里看不够的风景；不爱了，再怎么讨好，再怎么修饰自己，也不能引起他的关注和好奇。没有爱了，曾经的好，不再是好，反成了累，成了负担，希望早点脱身……

抛开人品问题，男人是何时开始不再爱同甘共苦的妻子？贤妻们想过吗？自己有问题吗？或许，不是说你足够忠贞，付出足够多，就一定能牢牢抓住他。也许，在不经意间，你忽略了他的需要；也许，你忽略了自己的成长，他与你拉大了距离，只能平行走，没了交集，你不能再给他满足；也许，在你与他打拼时，忽略了保持自己的女性美。婚后女人，如何经营好自己的婚姻和幸福，守住自己的家，需要智慧。

女人在恋爱时，要认清自己的他，认清他的人品，尤其是责任心。当然，人性很复杂，人心常有变，正因此，无论婚前婚后，女人都要保持独立的尊严和人格，学会保护自己，学会对自我负责，以备他的不负责。

女也不爽，士贰其行·氓

氓之蚩蚩（chī），抱布贸丝。

匪来贸丝，来即我谋。

送子涉淇，至于顿丘。

匪我愆（qiān）期，子无良媒。

将子无怒，秋以为期。

乘彼垝（guǐ）垣，以望复关。

不见复关，泣涕涟涟。

既见复关，载笑载言。

尔卜尔筮，体无咎言。

以尔车来，以我贿迁。

桑之未落，其叶沃若。

于嗟鸠兮！无食桑葚。

于嗟女兮！无与士耽。

士之耽兮，犹可说也。

女之耽兮，不可说也。

桑之落矣，其黄而陨。

自我徂（cú）尔，三岁食贫。

淇水汤汤，渐（jiān）车帷裳。

女也不爽，士贰其行。

士也罔极，二三其德。

三岁为妇，靡室劳矣。

夙兴夜寐，靡有朝矣。

言既遂矣，至于暴矣。

兄弟不知，咥（xī）其笑矣。

静言思之，躬自悼矣。

及尔偕老，老使我怨。

淇则有岸，隰则有泮（pàn）。

总角之宴，言笑晏晏。

信誓旦旦，不思其反。

反是不思，亦已焉哉！

出自《诗经·国风·卫风》

布，布币。即我，到我这里来。

男子笑呵呵，拿着布币来换丝。他不是真的来买丝，而是找个借口来向她提婚事。很快两人就恋爱了，她送他过淇水，直送到顿丘，对他说："不是我延婚期，而是你没找好媒人。请你别生气，定下秋天为婚期。"

他曾苦苦追求她，他们曾热恋。一条淇水，曾见证了他们的爱情，留下他们你来我往的身影。

体，卦体。咎言，不吉利的话。贿，财物，这里指嫁妆。

登上残破的城墙头，远望你所住的方向。遥望不见复关，黯然神伤泪涟涟。看见复关心欢喜，笑语不断。占卜又问卦，卦象很吉利。只等你的车马来，把我的嫁妆带走。

曾经，她登上城头，望眼欲穿，盼他来，来迎娶自己。那恨嫁的心儿，天天急促地跳着，直等他的车马来……

沃若，润泽。说，摆脱。

桑叶还没落，叶子繁茂泽润。小斑鸠啊，不要贪嘴吃桑椹。好姑娘啊，不要痴迷于男人。男人沉迷于爱，想离开可脱身。女人沉迷于爱，想要摆脱难做到。

她坠入情网，不能自拔。她明知自古多情空余悲，但还是不能自已；她知道男人的爱容易放下，而女人难做到。男人可以不爱女人，而女人没有了男人的爱，就难再好好地活。道理不难明白，难的是难做到。爱情分明是感情的事，女人分明是感性动物，又怎能能以理智控制感情？她做不到。爱情是甜蜜的，也是煎熬的，甜蜜在那份心动，煎熬于不能相见的相思。

她对他死心塌地，只等他的车马来……

渐，沾湿，浸湿。罔极，无常。

从桑叶茂密，直等到桑叶黄落满地，她才等到他来迎娶自己。从此，她开始了新生活，只是从此也远离了恋爱的甜蜜，开始了辛苦和痛苦。她心里对他说：自从嫁入你家门，三年里受苦受穷。淇水依然汤汤流，弄湿了我的车幔和衣裳。我初心不改，而你日渐疏离了我。看来，男人的心思实难猜，三心二意没道德。

刚刚，她还在回忆恋爱的美好和待嫁的急切，很快就开始了嫁人后的痛苦。为什么？因为婚后他二三其德，朝三暮四，不再专情于她。她依然爱他不变，而他已然不爱她了。这让她突然感到丈夫的陌生，感到男人的心思莫测，并下结论给自己的老公：他本就是个朝三暮四的人。

遂，安定无忧。咥，大笑。

失去爱情，她心中恨恨不平。她在回忆中控诉：做你妻子三年来，终日劳累苦。起早贪黑日夜忙，没有一天得空闲。如今万事遂心，你的态度却转横。我的兄弟不知情，总是笑我多疑心。静心思量，只有独自伤心。

想到自己的付出，心中难平衡，付出了太多，青春美貌，还有终日的劳作。但结果呢？换来的不是更加幸福美满的生活，而是丈夫的离心离德，出轨移情。她看出端倪，对娘家说起，还遭到嘲笑。丈夫不宠爱了，家人也不知心。有谁了解她心里的苦呢？她只有顾影自怜，独自伤心。

女人的直觉最可信，以她对丈夫的了解，丈夫变心，她应该心知肚明，但是，夫妻感情的事，向外人道，终究是隔了一层，别人是无法了解的，也帮不到的。能够解决的，也唯有当事的两个人。倘若丈夫还有留恋，这感情还可能破镜重圆；倘若已移情别恋，不念旧情，不讲情义，不要说别人，就是她自己也只能接受这个现实——尽管她是多么不情愿，心有多少不平。但是，没有办法。

隰，同湿，漯河。泮，河岸。总角，童年。

当初相约同偕老，哪知到老剩愁怨。淇水虽宽尚且有岸，漯水再长也有边。青梅竹马一起玩，情投意合同欢乐，也曾山盟海誓，谁知反复从前。从前快乐你不念，罢了罢了不再说！

说起来，他们还是青梅竹马，两小无猜，也曾许诺白头偕老，但哪知他婚后变心，毫不念旧情呢？她曾以为自己是最幸福的人了，不料现在只剩下孤单幽怨。如此凄凉，怎一个痛字了得？算了，不要再想他，免得徒伤悲。她还算理智，明白该及时放下他。

《毛诗序》说本诗"刺时也。宣公之时，礼义消亡，淫风大行，男女无别，遂相奔诱。华落色衰，复相弃背"。朱熹《诗集传》认为："此淫妇为人所弃，而自叙其事，以道其悔恨之意也。"但我们从诗中没有看出妇人淫荡，只看到了被抛弃的伤悲。

他与她，曾情投意合，甜蜜幸福。他热烈追求她，明媒正娶进家门。婚后他们海誓山盟，相偕到老，患难与共，她任劳任怨，日夜操持家务，不想他移情别恋，离她而去。怎不令她伤心？恨自己太痴情，恨他太薄情。

在感情面前，女人总是更投入、更痴情，当情变时，她容易为情所困，无法自拔，所以，她的痛苦是必然的。因为付出太多，一旦失去，心里失落，所以由爱生恨，越恨越痛，痛到遍体鳞伤。其实，无论是怨中痛恨，还是在回忆中疗伤，都无补于事实，还不如赶快开始新的生活。

放下一段感情，说来容易，做来难。所谓覆水难收，人是感情动物，并非说放下就能放下。曾经那么深厚的一份感情，何时变样脱了轨？痴情又认真的女人，无论如何想不通。她找原因，虽然也许最终找不到，但不找更纠结。只因难放下，所以我们不妨让她找，让她尽情哭，尽情痛，哭过痛过了，才算到头，才能解脱。

有时感情很微妙很脆弱，两个人一起久了，爱情被平淡而琐碎的生活击碎，变得越来越模糊，直到渐行渐远；有时感情很实在很可靠，两个人一起久了，爱情在平凡平实的生活中变得历久弥新，日益醇厚，直到相扶偕老……感情虽说复杂，但也有可塑性，你选择后者并为之努力，就不愁没有细水长流的感情。

有女仳离，遇人不淑·中谷有蓷

中谷有蓷（tuī），暵（hàn）其干矣。

有女仳（pǐ）离，慨其叹矣。

慨其叹矣，遇人之艰难矣。

中谷有蓷，暵其脩矣。

有女仳离，条其歗（xiào）矣。

条其歗矣，遇人之不淑矣。

中谷有蓷，暵其湿矣。

有女仳离，啜其泣矣。

啜其泣矣，何嗟及矣。

出自《诗经·国风·王风》

中谷有蓷，山谷中有益母草。暵，干枯。下面的"脩"、"湿"同义。

山野中有益母草，叶子干枯了。有个女子被抛弃，声声叹息。声声叹息，嫁个好人真是难。

益母草活血安神，有利于妇女调经生育。而诗中的益母草干枯了，暗示女子被抛弃了。果然，她被丈夫抛弃了，声声叹息，穿透山谷。她感叹命运弄人，嫁个好男人真的好难！

对女人而言，最大的幸福就是找一个爱自己的男人，最大的不幸就是遇人不淑，遭遇婚姻的不幸，丈夫背叛了自己，移情别恋。

嫁个好男人的确很难。这既需要缘分，也需要彼此的努力经营。抛开爱情的成分，好男人的前提首先是好人，人品好，有情有义，有对女人和家庭的责任。如果他还念你的好，如果他还有良心，还有责任，那么，婚姻的继续就不是难事。如果两人自觉经营，培养感情，女人也不至于被抛弃。很多平淡的夫妻，也许没有惊世骇谷的爱情，但不是一样可以相濡以沫、相偕到老吗？爱情有时是日久生情，相互培养出来的。

条，失意。歗，同"啸"，长嘘。

看到益母草干枯了，她感叹青春渐去，人老色衰，而丈夫却弃她而去。为此顾影自怜，长吁短叹，感叹自己没有遇到好男人。她越想越委屈，不禁泣不成声。她后悔没有提前看穿他，悔恨交加好难过。

遇到一个好男人，除了运气，也需要眼光。你当初选择他什么，也决定了日后的生活。你选择权钱，选择样貌，那么，婚后不幸福就不要生怨气；如果你选择了品德才学，那么，他至少不会背弃你。当然，最好是选择爱情，只有爱你的男人才会对你好，好一生。只是，这爱情的标准是什么？男人们当时不都积极追求女人吗？难道说当时他不爱她吗？似乎也不能简单否定。关键是，爱情的标准不是甜言蜜语，也不是他苦苦的追求，而是两个人心有灵犀，彼此吸引。而且，真爱是与人品和责任相连的。有此，爱情才能在相互的努力中长久、幸福。

好在，诗中的弃妇明白怨恨没有用，因为认清了丈夫的人品，她不再有怨，只感叹自己所嫁非人，命运不济。如果她沿着这个思路走下去，会离他越来越远，最终忘记他。这样，她源于他的痛苦才会越来越少。

《毛诗序》以为："闵周也。夫妇日以衰薄，凶年饥馑，室家相弃尔。"朱熹《诗集传》认为："凶年饥馑，室家相弃，妇人览物起兴，而自述其悲叹之词也。"陈子展《诗经直解》说："凶年饥馑，夫妇仳离之诗。诗义自明，当采自歌谣。……要之必为妇女之作，可与《谷风》《氓》篇同读。"

荒野中的益母草，叶儿干枯没生气。有个被抛弃的女子，如干枯的益母草，有气无力，无奈无助空叹息，独悲泣，爱到尽头空余恨，真是悔恨交加，所遇非人。

都说婚姻是女人的归宿。的确，离开父母家人，走进一个异姓家庭。你凭什么幸福？不就是靠男人吗？以爱的名义，以身相许，为他生儿育女，失去青春美丽，一生都交付……嫁人像第二次投胎，婚姻可不就是女人的命？嫁得好，幸福快乐，乐得其所；嫁不好，遇人不淑，所嫁非人，岂不悔恨？

女人为爱而生。情窦初开时寻找爱，恋爱时享受爱，步入婚姻又经营爱。女人都想找到一个可靠而知心的男人。但找到一个好男人并非易事，有人幸运找到了，有人几经周折，更有人一生都没找到自己的真命天子。

男人若爱她，她就是宝，撒娇任性无理也可爱；男人若不爱她，她是累赘，贤惠体贴恭顺也碍眼。爱滋润着女人的生命。看她面色无华，形容憔悴，一定少爱的抚慰；看她红颜润泽，光彩照人，一定有爱的润泽，一定有个宝贝她的男人。

不思旧姻，求尔新特·我行其野

我行其野，蔽芾（fèi）其樗（chū）。
婚姻之故，言就尔居。
尔不我畜，复我邦家。

我行其野，言采其蓫（zhú）。
婚姻之故，言就尔宿。
尔不我畜，言归斯复。

我行其野，言采其葍（fú）。
不思旧姻，求尔新特。
成不以富，亦祗（zhī）以异。

出自《诗经·小雅》

蔽芾，枝叶茂盛。樗，臭椿树。就，从。

我独自走在郊野，椿树枝叶婆娑。因为嫁给你，我才来与你共同生活。你既不好好待我，我只好回我的家乡。

她被丈夫遗弃了，满怀悲伤，走在回娘家的小路上。

古代男尊女卑，女人没有地位，完全依附于男人，一旦被男人遗弃，就等于悲苦的命运的开始。"我行其野",可想见她孑然独行,形单影只,无助无依,意境悲凉。

蓫,一种像萝卜的野菜,又名羊蹄菜。

我独自走在郊野,采摘羊蹄菜。因为嫁给了你,我日夜与你同在。可你不好好待我,我回娘家不再来。

她走在郊外,动作机械地采摘野菜。如果不是嫁给他,怎么可能与他一起生活。原想着他对自己好,不料他如此伤害自己。这样的丈夫,不要也罢,不如回娘家,再不要回来!

她意识到丈夫对自己没了爱,与其守在无爱的婚姻里等死,不如早点回娘家,不再回来受这种冷落。她似乎决心离开这个男人,离开这个没有爱的家,永远不再回来。

蓄,一种野草。新特,新配偶。成,诚然,的确。祗,恰恰。

她在野外采摘蓄草,心里仍满怀平,愤愤对他说:你不念我是你的结发妻子,却把新欢来娶。实在不是因为她富有,而是你已经变了心。

她想不通,丈夫为何丝毫不念旧情,竟然另娶新欢,而且找了位富家女子。这不是明摆着冷落她,逼她走吗?她左思右想,觉得丈夫不是嫌贫爱富,而是他已不再爱自己,变了心。

《毛诗序》认为此诗刺周宣王时"男女失道,以求外昏(婚),弃其旧姻而相怨"。朱熹《诗集传》说:"民适异国,依其婚姻而不见收恤,故作此诗。"都肯定这里婚姻的不幸,女人所受到的伤害。

对于一个已经移情别恋的男人,女人是没有办法,也没有必要追回他的。纵使你有多爱她,多么不舍他,声泪俱下去求他,甚至以死相逼他,其实所有这一切都没用的。最好的办法,就是想开点,潇洒地说再见。

只是投入了太多爱的女人,往往做不到。不只是因为自己付出了太多的感情和青春,更有对这种结果的不甘心,不想服输。所以很多失恋失宠的女人不依不饶地做着努力，结果是受伤更多，痛苦越深。

没有办法，放不下，就要折腾一下。实在没了办法，就只好放弃。这需要一个过程。好在时间是治疗创伤的最好灵药。无论多么难舍，但如果人家已经不再属于你，最终也只好放下。唯有放下，才能救赎自己，才有未来。

将安将乐，弃予如遗·谷风

习习谷风，维风及雨。

将恐将惧，维予与女。

将安将乐，女转弃予。

习习谷风，维风及颓。

将恐将惧，置予于怀。

将安将乐，弃予如遗。

习习谷风，维山崔嵬。

无草不死，无木不萎。

忘我大德，思我小怨。

出自《诗经·小雅》

维，是。山风习习，风雨来了。当年担惊受怕，只有我与你分担。如今生活康乐了，你却转身把我弃。

山风忽忽刮，风雨满天，一如她心中的阴郁和风雨——她被丈夫抛弃了，心中怎么不愤懑？曾经与他共患难，生活好了，他却移情别恋。如同平静温暖的山谷，突然狂风大作，风雨全至。风雨无情降临，打破了她原本平静温馨的小日子。

如果当初知道他就是个忘恩负义、喜新厌旧的男人，怎么也不会那么傻，跟他做牛做马，受尽辛劳，青春美貌尽逝，却收获如此下场。

女人最可怕的就是遇到一个负心汉，也是女人最大的悲哀。

颓，自上而下的旋风。

谷风习习，旋风转不停。当年跟你担惊受怕，你心疼地把我搂在怀里。如今日子好了，你却将我抛弃。

旋风疯狂旋转，如同她纷乱如麻的思绪。想当年，她跟他受苦受难，受惊受吓，他把她揽在怀里，温柔地抚慰。她像受惊的小兔子，投奔在他宽大温暖的怀抱，那么甜蜜，那么有安全感，心里多么踏实。她想：哪怕日子苦不到尽头，但只要有他这温暖的怀抱，自己就决心跟他走到头。没想到，如今他不再宠爱自己，这样的事实她不敢相信。希望眼下这一切只是梦，时间没有走过来，还停留在当年……

她被抛弃了，任还活在当年的甜蜜中，耽耽不想承认当下的现实。

谷风习习，刮过巍巍高山，刮得百草枯死，树木凋零。她心想：我的好你全忘，只记住了我的小毛病。

山风太大，天地为之变色。草被吹枯，树被零落，一如她心中如滔的悲痛。丈夫全然不念旧情，不记得她的好，却夸大计较她的缺点。

这不是明显在找借口抛弃她吗？欲加之罪，何患无辞？他不想再爱你了，自然有无数的借口，不再爱了，说什么也没用。

古代社会，女人没有地位。丈夫的抛弃，无异于完全把她判了死刑，从此她的生活黯然无光，幸福也只有在回忆里去找寻。

《毛诗序》说比诗："刺幽王也。天下俗薄，朋友道绝焉。"朱熹《诗集传》也说："此朋友相怨之诗。"不免牵强。方玉润，以及近人高亨、程俊英等认为此诗是被遗弃的妇女所作，本书从后说。

男人如果爱你，你的缺点在他眼里也是个性和可爱的；如果他不爱你了，处处是对你的挑剔和审视，看你处处不顺眼，碍眼，时刻对你不耐烦，对你漠然置之。女人们当明白这个道理。所谓"情人眼里出西施"，在爱你的人眼里，你的美最美，最真实，也最动人。

对于曾经共患难的夫妻来说，如果有一天男人不再爱妻子，如果他不是花心游荡的负心汉，那么一定是婚姻出了问题：夫妻间拉大了距离，他远远地把她落在了后头，不能再满足他。什么叫匹配？你无法匹配他，他自然就去找新欢。

当然，做妻子的可以说，我没有成长进步，还不是因为我牺牲太多？为了爱，为了他？但是，不要忘记了成长是相互的，你在付出的同时，没有成长自己，光是一味被动地付出、牺牲，而完全失去了自我，更忘记了自我提高，那么，结果往往不是乐观的。

女人青春太短，以美貌事人不可靠，完全依附于男人的牺牲也不可靠，而成长不分性别和年龄，对男女都是公平的。所以，女人们，在你老公成长的同时，你也要尽量同步。

之子无良，二三其德·白华

白华菅兮，白茅束兮。
之子之远，俾我独兮。

英英白云，露彼菅茅。
天步艰难，之子不犹。

滮（biāo）池北流，浸彼稻田。
啸歌伤怀，念彼硕人。

樵彼桑薪，卬（áng）烘于煁（shén）。
维彼硕人，实劳我心。

鼓钟于宫，声闻于外。
念子懆懆（cǎo），视我迈迈。

有鹙（qiū）在梁，有鹤在林。
维彼硕人，实劳我心。

鸳鸯在梁，戢其左翼。

之子无良，二三其德。

有扁斯石，履之卑兮。

之子之远，俾我疧（qí）兮。

出自《诗经·小雅》

菅，一种草本植物，又名芦芒。

开着白花的菅草，白茅把它捆成束。那个男人远去了，让我独自守空房。

夫妻如同成束的柴薪，命运相连，共同燃烧不分离。而今他弃她而去，她感叹命运不公，顾影自怜，感叹身世孤独。

天步，天运，命运。犹，通"媨"，好。

天上白云飘，菅草带露珠。可驻我命不好，遇到个无良男人。

天上白云飘，地上青草带露珠。多美的景色啊，正该与心爱人一起观赏。但她却被抛弃了。她感叹自己命不好，所嫁非人，遇到负心汉。

滮，水名，在今陕西西安市北。

滮水汤汤北流，浇灌那稻田。美景让她无比惆怅，她想引吭悲歌一曲。想到那个美男子，想曾经的恩爱，不觉黯然神伤。

叩，我。煁，越冬烘火之行灶。

砍下桑枝当柴烧，放入灶堂火焰高。她又想起那个抛弃她的美男子，悲从心起，伤心欲绝……

迈迈，不悦。

王宫里的钟声响了，深沉的声音传到外面，更让她生起无限伤感。被他抛弃，却无法放下他，依然想他，想得心难安。但他看见她却一副冷漠和不悦。

她对他一往情深，无时无刻不在想他。而他，避之唯恐不及，见她也是一副伤人的冷漠。

她依然爱着他，时时想见到他；而他不再想看到她，看到了也是一脸漠视。爱不再对等了，也没有了交互、共鸣和默契，只剩下了一方对另一方的勉强和一厢情愿。那么，痴情的这方，就不可避免地要陷入痛苦的深渊了⋯⋯

鹜，水鸟名，又称秃鹜。

秃鹜在鱼梁，白鹤在深林。此情此景，又让她想起那个美男子。思念如此熬人？他已然不想再看自己一眼，而自己又为何这么放不下他？她真的不知道。或许，自从爱上他，心里就再也没有别人，从此专情他一人。爱他已入骨髓，跟他生活已成习惯。他突然离去，让她如何经受这打击？爱他，如覆水难收，再难放手。如惯生，一去而不再返。他走了，你叫她怎么活？

那个美男子，应该知道她时刻在呼唤着自己，但却充耳不闻。所以，她的所有思念，都成了陡然的自伤，也成了奢侈的想象。

鱼梁上站着一对鸳鸯，嘴巴双双插进左翅。多么和谐，多么恩爱。看到这一幕更让她心生伤感。想想自己喜欢的那个美男子，自己那么爱他，天天想他，而他如此没良心，朝三暮四，二三其德，移情别恋，有了新欢抛了妻！

想到他的品德无良，她终于明白想他也没用。不念旧情是人品问题。人品不好，你就是怎么对他好，有多么爱他，也唤不回他来！

痕，因忧愁而得病。

拿块扁平的石块来垫脚，踩在上面，还是不够高呀。她还在试图登高远望，希望看见那个远去的男人。但是这一切显然无用——那个人已经离去，再也看不到了。虽然她明知是这样的结果，但还不死心，还存有侥幸。她这样希望着，自慰着，但最终还是充满忧伤，以至相思成病，憔悴不起⋯⋯

如此深情地怀念一个负心男人，女人真是痴情得可以。只是，如此痴情，就是因想他而死，也是白死。期待男人对自己好一生，几乎是任何女人的痴想，只是很少有女人有这样的幸运。

意境很美，气氛却很悲凉。

《毛诗序》说："白华，周人刺幽后也。幽王娶申女以为后，又得褒姒而黜申后。故下国化之，以妾为妻，以孽代宗，而王弗能治，周人为之作是诗也。"朱熹认为此诗为申后自作。我们不必深究，只把它作为一首弃妇诗足矣。

自古痴情多受伤。为什么那么痴情？好像没有了他就不能活。其实，人是孤独的，没有谁也能活。那么，为什么那么放不下一个不再爱自己的人呢？因为爱，也因为爱得太被动、太专情，失去了自我，完全为爱而爱，因爱而生。这样，一旦失去爱，自然就无法接受，像天坍塌了一样。

真正的爱情是相互的、对等的，有共鸣互补的，这样才能走得长远。只是一方施，一方受的爱，走不长，最终一方会为此大受伤害。

从天性上讲，女人比起男人，是脆弱的，容易受伤的。也因为如此，女人最大的需要是安全感，而非所谓的爱情。另一方面讲，好男人会自觉地担起男人的角色，有责任保护好自己所爱的女人。他若爱她，必然会给她极大的安全感，而不只是甜蜜的爱。一个不能给你安全感的男人，不能说是真正地爱你。

所以，女人们，请睁大双眼，不要迷惑于甜言蜜语的男人，而要首先选择那个有责任感、让你踏实的安全男人！

十一章

生死契阔
死亦相随你

我思古人，实获我心·绿衣

绿兮衣兮，绿衣黄里。
心之忧矣，曷维其已！

绿兮衣兮，绿衣黄裳。
心之忧矣，曷维其亡！

绿兮丝兮，女所治兮。
我思古人，俾（bi）无訧（yóu）兮！

絺（chī）兮绤（xì）兮，凄其以风。
我思古人，实获我心！

出自《诗经·国风·邶风》

　　我的绿衣啊，绿衣里面是黄衣。心里的忧伤，何时才能停止？

　　看到自己穿的这身衣服，他心中沉重伤感。看来，这伤感已经有好久了，到现在还没有停止。那么，是为什么事呢？为什么看到黄衣伤感呢？

　　每每看到这衣裳，他就心里忧伤，难以抑止。他不知道，这种忧伤何时能消失。

因为，这衣服与她连在一起。她令他难忘，睹物思人。

女，你。治，纺织。古人，故人，这里指亡妻。俾，使。訧：同"尤"，过错。

原来，这衣服，是她为他纺织制成的。

她是谁呢？是他的故人——他亡去的妻。

她的故去，让他久久不能摆脱伤悲，走不出悲伤，走不出对妻子的怀念和回忆：她为他做衣裳，她帮他出主意，她勉励他进步，让他避免了很多过失。

如此贤惠而智慧的妻子，突然逝去，怎能不让人怀念呢？

虽然有衣穿，纮布粗布穿在身，身上并不寒冷，但心里却无比凄寒——因为他思念着他的故人——他亡去的妻子。她的美，她的爱，她的种种好，与她生活在一起的点点滴滴，总在他脑海中浮现，片刻不曾离开。

他想她，虽然明知绝望也还是想。她走了，似乎也带走了他的心。他是如此对她念念不忘。

说明什么？他一定爱她，对她一往情深，再难爱上别人；而她，自然也是爱他的。很幸福的一对，彼此相爱，不幸的是，上天夺走了她的生命，只留下他一个人在世上孤独地思念着她……

《毛诗序》认为此诗是"卫庄姜伤己也。妾上僭，夫人失位而作是诗也"。朱熹《诗集传》也说："庄公感於嬖妾。夫人庄姜贤而失位。故作此诗。言绿衣黄里，以比贱妾尊显，而正嫡幽微。使我忧之，不能自已也。"但没有确据，不免牵强，作为现代人，还是把它当作怀念亡妻的诗作。

与子偕老，白首同归，是所有夫妻的美好愿望。但现实往往难如愿，总有一个先孤独离去，留下另一个孤独伤悲。可见，人生的孤独是必然的。生者已矣，但生者哀伤未去，仍活在对生者的思念和回忆中，久久不能释怀。一直相携相伴，一旦落单，怎不形影相吊？

恩爱夫妻，彼此依赖彼此照顾。她是他的小妈，他是她的小爸；他是她眼里长不大的顽童；她是他眼里永远任性的公主。她突然离去，看着她为自己缝制的衣服，怎不睹物思人？像失怙的孩子，情何以堪？

成功男人的背后，必有一个好女人。好妻子是丈夫的知音，也是助手。都说男人像孩子，即使婚后也总调皮犯错，贪玩丧志。好妻子的照顾和"调教"，既让他乖乖服贴，少犯错误，又促进他拓展事业，大获成功。

不如子之衣，安且吉·无衣

岂曰无衣七兮？
不如子之衣，安且吉兮！

岂曰无衣六兮？
不如子之衣，安且燠（yù）兮！

出自《诗经·国风·唐风》

吉，美观。岂是没衣服穿？我的衣服有很多。只是不如你给我做的，舒适又美观。

衣服有很多，但视若平常，不过用来蔽体取暖。他只稀罕她给自己做的衣服——最舒适，也最美观。

她了解他，爱他，自然做给他的衣服也合体合身，舒适美丽；他爱她，爱屋及乌，所以看她为自己缝制的衣服也很美观，穿在身上也感觉无比舒适。

合适与美观的，实际不是衣服，而是人；心里念念的，不是衣服，而是人。看到衣服，思念人，想起她……

燠，暖和。

他衣服很多，但穿来穿去，还是觉得她为他做的衣服最合身，最暖和。穿衣也是穿心情。她做的衣服他最珍视，最宝贝。

他自问自答，抒发对心上人的深切思念，也让人感觉他的孤寂凄然。言简情长，真挚感人。

如此珍视这衣服，一定是它无可替代，而且再不会有第二件了。诗中虽未有提及，想来他的她，应该是他的妻子，已经不在人世。他睹衣思人，怀念亡妻。

衣服有的是，只是她做的再也没有了。她做的衣服不可替代，她对于他，也无可替代。因为无可替代，所以如此一往情深地怀念。

前人以为此诗是赞美晋武公，如《毛诗序》说："美晋武公也。武公始并晋国，其大夫为之请命乎天子之使，而作是诗也。"不免有些附会。我们认为不过是一首睹物思人的诗作。

眼前是衣服，心里想的是人。不是衣服不暖和，是眼前没有一个让人感觉心暖的女人。睹物思人，倍感伤怀。

痴情的男人，与痴情的女人一样，心系一人，非她莫属。她对于他，是天下最美的女人，无可替代，不能失去。而一旦失去她，就会像天塌一样，从此生活了无生趣，眼前种种，总有她的影子；万千思绪，只为一人。

百岁之后，归于其室·葛生

葛生蒙楚，蔹（liǎn）蔓于野。

予美亡此，谁与独处？

葛生蒙棘，蔹蔓于域。

予美亡此，谁与独息？

角枕粲兮，锦衾烂兮。

予美亡此，谁与独旦？

夏之日，冬之夜。

百岁之后，归于其居。

冬之夜，夏之日。

百岁之后，归于其室。

出自《诗经·国风·唐风》

蔹，白蔹，蔓生植物。葛藤缠绕着荆树，白蔹蔓延在荒野。我的丈夫葬在此，荒野孤单谁与共？

她的丈夫死了，她经常到坟地徘徊。那里葛藤缠绕，野草丛生，荒野凄凉，她丈夫就睡在这里。那么孤单，她看了心酸心疼。

域，坟地。

坟地上，葛藤绕着酸枣树，白蔹蔓延。她心疼丈夫一个人躺在这里，无人共眠。

角枕，牛角枕头，敛尸所用。居，这里指坟墓。室，这里指墓穴。

她回想起丈夫入殓时，牛角枕光鲜鲜，锦缎被鲜烂漫。她要让老公睡得舒服，体面地到另一个世界。从那天起，他就一个人躺在这里，荒野孤单，他与谁共待天明呢？想到此就心酸悲呛。

自从丈夫故去后，她度日如年，夏日炎炎长，冬夜寒漫漫。他走了，也带走了她的心。日复一日，她觉得生不如死，了无生趣，她只想着，百年之后，与丈夫同室同穴同眠。

她想，那样，老公就不孤单了。他们又可以在一起了……

感情回还往复，缠绵悱恻。对此，程俊英《诗经译注》说："诗句悱恻伤痛，感人至深，不愧为悼亡诗之祖。"

一个对爱情和婚姻忠贞不二的女子，丈夫对她无可替代。在深切怀念中，她更坚定了与丈夫死后同穴的决心。

朱熹《诗集传》说："夏日冬夜、独居忧思、於是为切。然君子之归无期。不可得而见矣。要死而相从耳。郑氏曰，言此者，妇人专一，义之至，情之尽。苏氏曰，思之深，而无异心，此唐风之厚也。"陈于展《诗野卤解》："走从军未还，未知死生，其妻居家而怨思之作。"

葛藤蔓草，爬满坟墓。亡夫在此，阴阳两隔，怎不伤悲？鲜亮的枕被伴他而去，但他身边没了自己，谁与他为伴？而自己也独守空房。丈夫死后，孤苦伶仃，日漫漫，夜漫漫，孤独岁月长，百无聊赖，只捱到与夫君同穴相聚的一天……

　　好夫妻感情上情投意合，默契相通，忠贞不二；生活上相依相伴，甘苦与共，相濡以沫，不离不弃。他们的爱情与婚姻有幸融为一体，婚姻没有淹没爱情。在爱情和婚姻上，他们价值观一致，并怀有一份信仰，为此坚守一生。如果说地老天荒、海枯石烂是童话，那么这种真实的相守远远美过童话。

　　相爱很难。相爱也会生隔阂，也可能分手。或许，人生不只爱一个人。爱没有那么绝对，也无需绝对。现实复杂，人心多变，感情同样可能朝三暮四，移情别恋。尽管如此，我们仍倾向于传统观念中把爱情和婚姻犹如信仰一样地供奉，彼此信守，忠贞不二。纵使贞洁烈妇，也不能说是愚痴，只要她愿意，那么就值得。

爱我所爱

爱情不苟且

虽速我讼，亦不女从·行露

厌浥（yè yì）行（háng）露，岂不夙夜？

谓行多露。

谁谓雀无角？何以穿我屋？

谁谓女无家？何以速我狱？

虽速我狱，室家不足！

谁谓鼠无牙？何以穿我墉？

谁谓女无家？何以速我讼？

虽速我讼，亦不女（rǔ）从！

出自《诗经·国风·召南》

厌浥，潮湿。夙夜，早夜，天没亮的时候。谓，畏惧。

路上露水湿湿，岂不想早点赶路？只因怕露水多。

为什么怕露水太多却仍要大清早赶路？但不走，心又急惶惶的。究竟为

什么？

角，嘴。速，招致。狱，诉讼，打官司。

谁说鸟雀没有嘴？否则它怎么啄破了我的房屋？谁说你还没成家？为何

264

硬要抢娶我？虽然仓拉我入门，但成亲理由不充足！

原来，姑娘遭到了抢娶，她不满意这门婚事，要反抗。她质问：为什么不问问我意见？娶我的理由不充足！而且，抢娶她的似乎还是一位有妇之夫，大概是要她做小妾吧？

这是一位个性鲜明而大胆的女子，她对自己不满意的婚姻做出反抗，表现强烈的个人意识和自由精神。这在"父母之命，媒妁之言"的社会实为难得。只是，她一个弱女子，能摆脱那吃人的礼教吗？能摆脱那束缚她自由和个性的社会吗？她能摆脱自己的不幸婚姻，得到自己想要的幸福吗？

墉，墙壁。

谁说老鼠没有牙？否则怎么穿透了我的墙壁？谁说你还没成家？为何送我吃官司？虽然让我吃官司，我也誓不顺从你！

她大胆反抗婚姻，但终究斗不过社会——她被起诉，吃官司了。她被带到了公堂。但她毫不畏惧，表现出死也不从的坚定。

一个充满自由和民主精神的女子，敢于为自己的幸福而斗争。她明明知道斗不过社会，结果注定失败，但还是义无反顾地选择了死不顺从——宁死不嫁自己不喜欢的男人！

面对这样个性鲜明又刚烈的女子，纵使那社会如何吃人，也只能表示无可奈何吧？

其实，她的精神，在许多人心里有种子，只是没能发芽，或者一旦发芽就遭到扼杀；或许，很多女子也想像她一样反抗斗争，但却没有勇气，不敢行动。所以，战斗的心不缺，缺少的只是战斗的行动。

这样的女子，纵然被处以极刑，但她留下的自由和民主的火种，也会悄然地燃起……时代发展到今天，今天的女子有了更多选择自己幸福的自由，不正是昨天无数个这种女子斗争的结果吗？

诗中这位女子对婚姻进行反抗，以雀和鼠比喻强娶自己的人，以一厢情愿不足为凭，表现出强烈的自我意识和誓死不从的反抗精神。

前人多认为此诗是王化所及，浩荡被除，如《毛诗序》说："召伯听讼也。衰乱之俗微，贞信之教兴，强暴之男，不能侵陵贞女也。"郑玄《笺》认为："此殷之末世，周之盛德，当文王与纣之时。"朱熹《诗集传》说："南国之人遵召伯之教，服文王之化，有以革其前日淫乱之俗。故女子有能以礼自守，而不为强暴所污者，自述己志，作此诗以绝其人。"我们只认为它是一个女子对个人幸福的合理追求与对强恶势力的反抗。

在提倡女子以"顺"为美的古代，这首诗表现出强烈的个性魅力，而诗中女子的贞烈，却是以礼反抗强娶豪夺，显示出不为粗暴所惧的可贵的自我意识。

世风不正的时代，往往强暴淫乱之风起，但自有女子，坚守节操，不为之所乱，不受之玷污。贞洁女子如是，君子也如是。品格如玉的人，自然守身如玉，不论世道如何，都不会含混而生，同流合污。

自古以来，中国女子在婚姻上无多自由，人格不独立，爱情不自由。这种束缚持续了几千年，而今，女人的爱情和婚姻已完全可以自由，但人格自由呢？今天，社会的文明和科技已很发达，但自由和民主精神呢？社会与礼教对人个性的束缚和伤害依然存在，为自由和民主而斗争的路依然任重道远。

女子有行，怀婚姻也·蝃蝀

蝃蝀（dì dòng）在东，莫之敢指。
女子有行，远父母兄弟。

朝隮（jī）于西，崇朝其雨。
女子有行，远兄弟父母。

乃如之人也，怀昏姻也。
大无信也，不知命也！

出自《诗经·国风·鄘风》

蝃蝀，彩虹，古人认为虹是天上的一种动物，如果天上出现了虹，就说明这种动物雌雄在交配。诗中暗指有女子私奔。有行，出嫁，这里指女子私奔。

彩虹在东方出现了，没有人敢指它：有个女子私奔了，远离她的父母兄弟。

古人迷信，彩虹出现，象征地上有不光彩的事情发生：有个女子跟男人私奔了。这种事情伤风败俗，是见不得人的。所以人家不敢看彩虹，也不敢点评。

女子为什么私奔？如果不是水性杨花，那么一定是不满于自己的婚姻，寻求想要的爱情和幸福去。只因为她的行为不为世俗所认可，所以才觉得一切都是她的错。

可是，难道人们都认为她的私奔是错误的吗？人同此心，心同此理，谁不向往美好的爱情和幸福呢？人人都懂，也都想那么大胆决绝地做，但并不是人人都敢于那么去做——因为后果不堪设想，为了个人安危，人们只好忍受。这就是所谓的文明对人们人性的束缚。

隮，乌云。崇朝，终朝，整个早晨。

早上，西边天空出现了乌云，整个早上都在下雨。她私奔了，为了爱情，远离父母兄弟。

为了爱情，她大清早在风雨中就跟人私奔了；为了爱情，她不顾家人的感受，远离他们，与家庭决裂也在所不惜。

这不仅是一个为爱情不顾一切的女子，也是一位敢于行动，不顾后果的女子。我们赞赏她的反抗精神，却不赞成她与家庭决裂的行为。毕竟，亲情与生俱来，爱情不过是邂逅而来，为了爱情，舍弃亲情，并非明智的选择。

或许，她是万般无奈之下才做出的这种选择，不这样，她不能得到自己想要的幸福。但是，结果能如愿也成：她能与他相亲相爱，就无所谓后悔。但如果私奔后两人因为种种事情而感情有变，或者最终没能敌过世俗的力量，岂不是后悔也来不及吗？毕竟，她的这种行为，她选择的爱情，是得不到认可和帮助的，所以结果如何，只能一个人为此负责。

私奔这种事情，对于女人，还是要慎重考虑。一旦私奔，你的所有，只剩下了爱情；你的依靠，只剩下了他。如果一旦有变，你都会失去，这样的赌注，实在太大。对女人来说，爱我所爱，大胆追求爱情固然可贵，但安全感还是第一位的。倘若为爱情迷失自我，完全依附于他，未免有些不安全了。

怀，败坏。昏，同婚。大，太。

她背叛了父母之命的婚姻，跟自己喜爱的人私奔了。勇敢得让人侧目，但也因为离经叛道，而受到世俗的批判。人们会说：这样的女子，不守贞洁，败坏婚姻伦常，实在是有违"父母之命，媒妁之言"啊。

　　她的贞洁，实不必社会来评论，在她认为，她的贞洁只属于自己的真爱。之前失身出于被逼无奈，但此番抗争就是为了把自己真正交付给真爱。只要，她爱的人不以为她丢了贞洁，那么别人如何评说实无所谓。至于"媒妁之言"，那是社会层面的规定，与她何干？对于大胆追求爱情的她来说，可以不屑一顾。

　　只是，人生活在社会中，人言可畏，唾沫星子能淹死人。在中国这个礼教国家，尤其如此。所以，那些第一个吃螃蟹的人，那些勇于反抗的行为，最终难免悲剧的命运。唯有到真正尊重个性，真正拥有自由和民主的时候，这种悲剧才不会上演。

　　《毛诗序》认为此诗："止奔也。卫文公能以道化其民，淫奔之耻，国人不齿也。"批判私奔行为，教人以道化。朱熹《诗集传》也反对私奔："此刺淫奔之诗。言蝃蝀在东，而人不敢指，以比淫奔之恶。人不可道。况女子有行，当远其父母兄弟。岂可不顾此而冒行乎？"陈子展《诗经直解》说："刺一女子不由父母之命、媒妁之言，而自主婚姻者之作。"肯定其勇敢，反对其冒失私奔。

　　在古人眼里，婚姻大事，要父母之命，媒妁之言，而且要从一而终，这是循天理，行人道，重礼教，纲人伦的表现，而女子私奔，说明她不守贞，不忠于婚姻，是违背天理人伦礼教纲纪，所以当受到谴责。

　　爱情也许可以自由任性，但婚姻从来是严肃的，不可朝三暮四；爱情也许无关世俗甚至道德，但婚姻涉及道德贞操，被赋予更多责任。为追寻幸福，一个女子冲破世俗和社会的牢笼，出走家庭，与情人私奔，看上去壮烈浪漫，但社会从来不同情这样的私奔。古代是，现在仍然是。

　　婚姻的确如围城，给追求幸福的人们提出更大的考验。但婚姻的严肃性的确应得到保护。好在，今天的女人有了更多选择，如果你感觉不到婚姻的幸福和意义，如果城外确实有一个知心爱人，那么，走出围城未尝不可。毕竟人生只有一次，幸福开心比什么都重要。

燕婉之求，得此戚施·新台

新台有泚（cǐ），河水瀰瀰（mí）。
燕婉之求，蘧篨（qú chú）不鲜。

新台有洒（cuǐ），河水浼浼（měi）。
燕婉之求，蘧篨不殄（tiǎn）。

鱼网之设，鸿则离之。
燕婉之求，得此戚施。

出自《诗经·国风·邶风》

新台，故址在今山东省甄城县黄河北岸，卫宣公为纳宣姜所筑。泚，鲜明。瀰，同"弥"，满，遍布。蘧篨，蛤蟆。鲜，善，好。

新筑的高台突起，黄河水弥弥涨满了。我追求的是夫妻和乐，不想却嫁了个丑老头。

黄河水弥漫，新台高高，一片寥阔。她的心却无法释怀：一直追求和乐美满的婚姻生活，不想却嫁了个糟老头！

这是一位被强取豪夺的女子，她的幸福个人不能做主，完全被动地跟了一个自己毫不喜欢的男人，而且还是个丑老头。

谁让自己是个弱女子呢？谁让对方有权有势呢？面对如此命运，唯有哀叹。

有洒，高峻。殄，善。

黄河水涨满了，新台高高筑。她茫然远望，一片迷茫，一如此刻她的心境。她一直想着嫁个好男人，幸福和美过一生，不想却被一个丑老头给糟蹋了。难道这就是命吗？这样的日子何时才是个头？

鸿，蛤蟆。离，罹难。戚施，蛤蟆，比喻又老又丑。

布下鱼网，不想却网住个蛤蟆！我追求夫妻安乐，不想嫁了个丑老头。

"燕婉之求"是她一直追求向往的，但最终成了她一个无法实现的梦——他所嫁非人，嫁了个糟老头，今生的幸福永远无望了。

对女人来说，没有什么比嫁给一个不喜欢的人更残忍的了。婚姻是女人最大的赌注，嫁得好，才是真正的命好；所嫁非人，一生将有流不完的泪，更何谈幸福？

女人是花，需要爱和幸福的滋润，没有爱情和幸福，这花必然凋谢得更早。幸福的婚姻会美丽一个女人，让她青春永在；不幸的婚姻，会扼杀女人的青春，让她快速人老色衰。

所以女人啊，一定要找到自己真正的爱，一定要嫁得好。不怕嫁晚了，就怕嫁错了。

《毛诗序》说本诗："刺卫宣公也。纳伋之妻，筑新台于河上而要之。国人恶之，而作是诗也。"讽刺卫宣公厚颜无耻，强占儿媳为妻。

卫宣公，春秋时期卫国第十五任国君（公元前718年－前700年）。此人极其好色。他年轻时，就和父亲卫庄公的姬妾夷姜私通，生下一子，名伋。他即位后，因宠爱夷姜，就立伋为太子。太子成人时，与齐国的女子宣姜说定了婚事。但卫宣公看到宣姜貌美，不等儿子结婚，就直接夺了儿子所爱——把宣姜娶过来，给儿子另外找了个姑娘娶了。卫宣公娶了宣姜后，原来的夷姜失宠，上吊自杀。至于宣姜,《诗经·君子偕老》一诗有"子之不淑"之句,讽刺她"金玉其外,败絮其中",《诗经·鹑之奔奔》也暗讽卫宣公与与宣姜的淫荡。

但本诗取意一个女子对不幸婚姻的自怜感叹,弃暗讽宣姜嫁卫宣公之说。

新台高峻,河水弥漫,结婚嫁人如撒网,本想网个好男人,不想嫁个丑老头,这让妙龄女子情何以堪?

在男女关系上,最基本的原则应是两情相悦。如果没有爱情的基础,在一起不可能有幸福感。而以强权据为己有,得到人得不到心,又有什么意思?当然,强权者抢占一个人,原不为爱情,只为权力欲和生理欲的满足。

在有爱的家里,婚姻是幸福的;在无爱的家里,婚姻则成为束缚,有没有无所谓。很多人为结婚而结婚,也有很多人把婚姻附丽于权力或金钱。只是,当他们得到这种所谓的实惠婚姻后,才发现自己在那个家里的价值,才明白自己的得不偿失。所以,贴心爱人组成的家庭,比什么都温暖珍贵。